Confessions d'un hétérosexuel légèrement dépassé

FRÉDÉRIC BEIGBEDER
quasiment de l'Académie française

Confessions d'un hétérosexuel légèrement dépassé

ALBIN MICHEL

Les chapitres « Le refuge » et « Un chaos structuré » sont tirés des ouvrages collectifs *Trois jours et trois nuits* et *Les Écrivains français sous les drapeaux*, publiés par les Éditions Fayard en 2021 et 2022.

À Dieu, pour qu'Il n'hésite pas
à me recontacter sur LinkedIn.

«La femme est l'avenir de l'homme.»

Louis Aragon

«On doit vendre son cœur.»

F. Scott Fitzgerald

1

Moi aussi, je suis une victime

– Papa, pourquoi ils ont fait ça ?

Nous sommes un matin de 2018 et je ne sais que répondre à Oona, ma fille de trois ans.

– C'est compliqué, chérie.

– C'est qui qui a fait ça ? C'est des méchants ?

– Mais non, ne t'inquiète pas, c'est juste une blague.

Ma maison et ma voiture sont couvertes d'insultes roses. Le mur blanc de mon domicile basque est tagué de graffitis me traitant de violeur et de salaud. Les vandales nocturnes ont dû déplacer la poussette du bébé et enjamber une bouée en forme de dauphin bleu pour barbouiller de peinture acrylique notre maison pleine d'enfants endormis. De longues traînées de détestation forment une œuvre d'*action painting* à la Pollock sur ma terrasse, d'habitude paisible. Certes, j'ai signé la pétition des « 343 salauds » contre la pénalisation des clients de prostituées, mais il est toujours préférable de s'injurier soi-même, comme Cyrano de Bergerac. Bizarrement, quand c'est un groupe d'inconnus qui enjambent votre portail la nuit, traversent votre pelouse, bombent « ICI VIT UN VIOLEUR » sur votre façade et balancent un pot de peinture indélébile sur votre bagnole électrique, vous le prenez moins bien.

– Mais pourquoi ils ont fait ça, papa ?

J'ai écrit ce livre pour répondre à la question de ma fille qui, Dieu merci, ne savait pas encore lire.

Ce matin de 2018, j'ai compris que les *bad buzz* et les *shit storms* pouvaient sortir de Twitter pour entrer dans la vraie vie, non virtuelle, celle où les enfants découvrent des coulées de haine peinturlurées sur leur maison et pleurent de peur. Je suis allé porter plainte au commissariat de Saint-Jean-de-Luz. Les gens qui ont répandu des insultes sur mon domicile n'ont jamais été retrouvés. Je préviens les prochains. Souriez quand vous reviendrez, car j'ai installé des caméras et une alarme reliées à un système de sécurité privée. Je ne suis pas sur les réseaux sociaux, n'ayant pas de temps à perdre, pourtant j'y suis souvent accusé de tous les maux parce que j'abuse d'une certaine liberté de ton dans la presse papier. En l'occurrence, j'ai estimé en 2016 qu'il était absurde de condamner les clients de prostituées à une amende de

1500 euros : ils dépensent déjà bêtement leur argent. J'avais peut-être tort, quelle importance ? Je croyais qu'en démocratie on avait le droit de discuter des propositions de lois avant qu'elles ne soient votées par le Parlement. Veuillez pardonner ce court accès de naïveté.

L'inconvénient de ne pas être sur les réseaux sociaux, c'est que les *haters* ne peuvent pas m'engueuler autrement qu'en venant écrire sur ma maison…

Je pense que si mon domicile a été agressé par des terroristes d'enfants pendant la nuit, c'est pour de multiples raisons, dont la suivante. Mon travail est d'écrire et de lire. Or j'aime les livres qui racontent des horreurs. Je défends la liberté d'expression, même pour les auteurs qui ont une mauvaise vie. Je ne fais rien d'horrible mais il m'arrive de lire des choses horribles, parfois narrées elles-mêmes par des personnes horribles. Moraliser le monde est souhaitable, aseptiser la littérature ne l'est pas. Là encore, je peux me tromper, mais ce n'est pas une raison pour repeindre ma baraque. Si vous estimez que la littérature ne doit être écrite que par des saints, et qu'aucun roman ne doit décrire des actes illicites, je vous propose d'en discuter calmement sans déverser du purin sur mon paillasson, ni me poignarder les yeux comme c'est arrivé à Salman Rushdie en 2022. Inutile de me dénoncer anonymement sur votre compte digital, venez me voir « en vrai» et on en causera autour d'un Porn Star (vodka, vanille, fruit de la passion). Sujet du bac : «La littérature doit-elle montrer le mal ou prôner le bien ?» Mon sentiment est ambigu. Je crains que les romans uniquement bienveillants ne soient d'une lecture très fastidieuse. La littérature optimiste a été encouragée en URSS durant tout le XXe siècle : le «réalisme socialiste» n'a pas donné de fabuleux résultats en termes de suspense (on sait que c'est l'ouvrier qui gagnera à la fin). *A contrario*, je ne pense pas que l'art soit nécessairement meilleur s'il ne montre que le mal. Ce serait trop simple. S'il suffisait de s'intéresser aux charognes pour être Baudelaire… non plus. Il faut donc que l'art puisse tout dépeindre, les miracles comme les monstruosités, la sainteté comme les péchés. Comme dit Colette: «Avec douceur, je me retourne donc vers les monstres qui m'ont, un long bout de chemin, accompagnée…» Nos vies sont un alliage de grandeur et de décadence. Si les livres ne peuvent plus raconter les crimes et délits, comment allons-nous sonder l'âme de l'homme ? Est-il raisonnable de penser qu'un art moral peut améliorer les humains ? Pol Pot a sincèrement essayé de «rendre les hommes plus purs» en exterminant les porteurs de lunettes. 1,7 million de morts plus tard, la poésie khmère n'a pas énormément progressé… et il y a toujours des Cambodgiens myopes.

La purification des œuvres ne nous empêchera jamais d'être humainement faillibles. Je fais partie des blasés à qui les *feel-good books* foutent le cafard, et qui ne se sentent grandis qu'en découvrant une pépite d'humanité au fond d'un gouffre de fange.

Le message de toute mon œuvre peut être condensé en cet appel solennel : Ô FRÈRES HUMAINS, RÉSISTONS DEVANT L'ADVERSITÉ DE LA GUIMAUVE.

J'ai frotté, frotté et frotté les murs de chez moi pendant plusieurs journées avec du white spirit pour effacer les inscriptions injurieuses. Je remercie mon voisin, qui m'a aidé à nettoyer ces obscénités, ainsi que le garagiste qui a refusé de me faire payer le lavage à la main de ma bagnole. Cette agression m'a permis de vérifier aussi la solidarité basquaise. Il a fallu frotter mais comme cela ne suffisait pas, il a fallu tout repeindre en blanc pour effacer définitivement les inscriptions ignobles, avant de décaper la terrasse au kärcher. J'ai appris, à ma grande surprise, que mon assurance (Generali, c'est le moment de lui faire de la publicité) refusait de rembourser le ravalement des graffitis, tags et autres agressions bariolés sur les murs des habitations privées.

– Les attentats à la peinture fraîche ne sont pas des catastrophes naturelles, me déclara mon assureur.

– Vous ne remboursez donc pas les catastrophes humaines ?

– Non, monsieur, il y en a tellement qu'on mettrait la clé sous la porte.

La même année (2018), j'étais présent lors d'une attaque à main armée au bar du Ritz. Trois individus cagoulés ont fait irruption par la sortie de secours. Le barman bloquant la porte, les assaillants l'ont brisée à coups de hache, comme dans *Shining*. Je faisais à peu près la même tête que Shelley Duvall. La sécurité de l'hôtel a ouvert le feu ; un homme a été touché à la cuisse ; je l'ai vu pisser le sang, étendu dans l'entrée de la rue Cambon. La fusillade s'est poursuivie dans le couloir qui mène à la place Vendôme. Les herses blindées qui protègent les vitrines de joailliers sont descendues du plafond, piégeant les gangsters, mais cela, dans le feu de l'action, nous ne le savions pas. À cause des cris et de la fusillade, tous les clients présents ont cru à un attentat de Daech, analogue à celui du Bataclan. Allongés par terre, nous n'en menions pas large. Depuis, je suis devenu légèrement paranoïaque car je ne possède pas d'arme chez moi. Savoir que des inconnus connaissent mon adresse et sont venus redécorer ma terrasse, de nuit, pendant que mes enfants (une fille de trois ans et un garçon de six mois) dormaient à l'étage, provoque curieusement chez ma femme et moi des attaques de panique au moindre bruit dans le jardin. Nous avons donc adopté un chien de cour italien de sexe femelle, une splendide cane corso au pelage fauve froment, logiquement baptisée Simone, puisqu'elle protège, par ses aboiements, ma famille des agressions féministes. Je ne dis pas que je suis un vétéran de la guerre du Vietnam mais la police considère que toute personne présente lors d'une fusillade à balles réelles est psychiquement traumatisée, même si elle n'a pas été physiquement blessée. Depuis cet événement, j'ai du mal à dormir sans somnifère. Je n'aurais peut-être pas dû refuser de parler à la cellule psychologique qui m'était proposée par les policiers. Peu après, j'ai commencé à voir de plus en plus flou en lisant. Puis mon pied droit s'est engourdi. J'ai perdu dix kilos. On m'a fait passer toutes sortes d'IRM. Finalement, c'est une prise de sang qui a révélé que j'étais diabétique de type 1. Souvent, un stress émotionnel important peut déclencher l'arrivée d'un diabète de type 1 préexistant. Moi qui venais de publier *Une vie sans fin*, voilà que je perdais onze ans d'espérance de vie, en une matinée. Une vraie cure de jouvence ! Après un tel rendez-vous, vous ne vivez plus de la même façon. Vous contrôlez toute la journée ce que vous mangez. Vous vous piquez quatre ou cinq fois par jour pour faire redescendre votre taux de glucose dans le sang. Si vous injectez trop d'insuline, vous risquez le coma ; si vous n'en piquez pas assez, vous risquez d'être aveugle. Votre vie consiste à slalomer entre l'évanouissement et la cécité. Vous apprivoisez la mort. Vous n'avez plus de temps à perdre. Chaque décision que vous prenez est dictée par une nouvelle urgence. La renonciation au sucre est une ascèse impossible à atteindre. Abandonner la cocaïne est facile en comparaison. Le diabétique doit s'interdire les joies du chocolat, le plaisir des Haribo, la volupté du caramel, l'addiction à la réglisse, l'orgasme des éclairs et des opéras, le croissant du matin trempé dans le café et les cocktails au Baileys, en rajoutant un peu de Kahlúa et un zeste d'Amaretto, le soir. *Madre de Dios*. J'ai dû faire une croix sur les friandises, les confiseries et les mignardises. Quelqu'un peut-il me dire quel est le sens de la vie sans sundaes au chocolat, ni dames blanches, ni Kit Kat Ball, ni Mi-Cho-Ko ? Pourquoi vivre si l'on doit remplacer les gélules multicolores des Car-en-Sac par celles de la metformine ? Comment est-il possible de renoncer aux Salvator de chez Fouquet ? Durant toute mon existence, je me suis identifié à ce caramel tendre enrobé de caramel dur, dont il faut faire croustiller l'écorce pour faire fondre sur la langue un cœur mou.

Je demande une solidarité entre victimes de la société. Ne pourrissez plus ce qui me reste de vie pour avoir soutenu les revendications de mes amies pro-sexe. Le Strass (Syndicat des travailleurs du sexe) et Médecins du monde s'accordent pour dire que la loi de 2016 fut « contre-productive », selon l'expression de l'avocat Patrice Spinosi. Elle a développé de façon exponentielle la prostitution sur internet et augmenté ses dangers physiques. Le maître mot pour qualifier cette loi est : hypocrisie. Voulez-vous la liste des bordels, bars à escortes, salons de massage sexuel, lieux de péripatéticiennes et sites web de *sugar daddies* ouverts à Paris en ce moment ? Je ne la donnerai pas car je ne suis pas une balance. L'abolition de la prostitution est sûrement souhaitable mais cette utopie est irréalisable. Cette loi cumulait tartuferie et démagogie. Il faut réglementer le plus vieux métier du monde, comme le font les Allemands, les Suisses et les Néerlandais, afin que la pathétique transaction « plaisir contre argent » n'ait lieu qu'entre adultes consentants, bien que désespérés et fort à plaindre. Un des slogans du Strass est : « On veut des papiers, pas des PV. » Il résume ma position, qui ne méritait pas tant d'opprobre. Vous pouvez me cracher dessus, je vous réponds que vous vous trompez d'ennemi. J'ai peut-être encore une dizaine d'années à vivre et je décide de passer chaque journée qui me reste à être fier de ce que je suis. Je lance la Beig Pride !

Les enfants des années 1960 n'ont à rougir de rien. Nés après la pire catastrophe de l'Histoire, ils ont grandi dans une période de libération excessive. Ils ont dû se battre pour survivre dans l'orgie des seventies, puis s'adapter aux eighties, la décennie la plus égoïste du siècle. Plus tard, ils ont dénoncé ce qui n'allait pas dans la liberté sexuelle ou dans le capitalisme d'hyperconsommation. Ils ont vécu des existences inventives, des amours à rebondissements, des traumatismes à retardement. Ils se sont abîmés parce qu'ils ont vécu. Ils ont vieilli trop tôt et maintenant ils protègent leurs acquis festifs. Ils passeront le relais aux générations suivantes sans faire de drame. Ouais, on est cool, les jeunes. Ou plutôt *slay*. Soyez autant *slay* avec nous que nous avec vous et la transmission se passera bien. Ne vous inquiétez pas, vous aurez nos places. La retraite étant désormais fixée à 64 ans, je vous léguerai tout mon pouvoir en 2029. Il n'y a plus longtemps à attendre, les filles.

Mais me réveiller dans une maison défigurée par des *drippings* haineux ne leur a pas suffi.

J'ai dû m'excuser en 2022 pour une conversation ayant peut-être eu lieu dans un couloir des éditions Flammarion en novembre 2003. Étiez-vous la même personne en 2003 qu'aujourd'hui ? Pas moi. Dans les années 1990, je m'habillais uniquement de noir. Dans les années 2020, je m'habille exclusivement de bleu marine. Vous voyez : tout a changé en trente ans. Je regrette les gueules de bois de mes vingt ans car elles duraient douze heures. À trente ans, elles duraient vingt-quatre heures. À quarante ans, elles duraient quarante-huit heures. Et à partir de maintenant, la gueule de bois ne finit jamais. Avoir un demi-siècle est une gueule de bois qui ne s'arrête plus. Même quand je ne sors pas pendant une semaine, je suis chaque matin aussi épuisé que si j'avais bu toute la nuit. Cette année, donc, une personne m'a accusé publiquement d'indifférence à son agression sexuelle. Je ne cite pas son nom ici pour ne pas lui faire endurer ce qu'elle m'a fait endurer. Cette nouvelliste dont j'étais l'éditeur en 2003 a raconté au journal *Libération* en 2022 qu'elle m'avait parlé en 2003 de son agression sexuelle par un présentateur du journal télévisé. Je n'ai aucun souvenir de cette conversation. Elle a répété à la radio et à la télévision qu'elle avait mis de longues années à pouvoir verbaliser cet événement, cependant elle affirme me l'avoir raconté le lendemain même. J'aurais alors « explosé de rire » quand cette personne m'a confié avoir été victime d'une tentative de viol. J'ai essayé de me souvenir de cette conversation privée ayant eu lieu dans mon bureau il y a vingt ans. J'ai été convoqué par la police pour témoigner. J'ai dit au policier chargé de l'enquête que je ne me souvenais de rien. Mais cet éclat de rire ne me ressemble pas. En effet, en février 2003 (la même année), une autre victime de tentative de viol m'a raconté des faits similaires (plaquée par terre par un homme politique dans sa garçonnière de nuit) et je l'ai crue tout de suite, sans «exploser de rire». Elle se nomme Tristane Banon, demandez-lui si j'ai ricané quand elle m'a raconté son agression par Dominique Strauss-Kahn. J'ai là aussi témoigné lors de l'enquête policière. Une chose est certaine. En supposant que la conversation imprimée dans *Libé* ait vraiment eu lieu, la victime d'une agression ne s'exprimait sûrement pas en 2003 avec la même clarté, ni la même gravité, qu'elle le fait en 2022. D'où ma possible réaction frivole, si elle a existé.

La méthode de *Libé* inaugure un procédé nouveau. Il s'agit de publier des conversations privées anciennes et racontées par une seule personne. Demandez-vous tous dans quels bureaux vous avez prononcé des bêtises en rigolant, dans votre jeunesse. Attention : vous allez peut-être devoir vous justifier publiquement pour vos dialogues à la machine à café de 2002, vos plaisanteries douteuses à la cantine de 2003 et vos galéjades dans les pots de départ de 2004. Nous sommes entrés dans une nouvelle ère.

Personne ne plaint les auteurs nés à Neuilly. Quel est le contraire de la victimisation ? Je me victorise ? Je me glorifie ? Je voudrais raconter ici la défaite des vainqueurs. Parce que je suis blanc, de sexe masculin, né bourgeois dans les années 1960, j'ai grandi dans le camp des dominants. Je n'ai pas eu l'impression d'en profiter. J'ai été frappé par un prêtre de mon école quand j'avais sept ans. J'ai été la cible d'un exhibitionniste au bois de Boulogne à l'âge de dix ans. J'ai été dragué par un pédophile au sixième étage de la rue de La Planche en 1979. J'étais très mignon à treize ans, des archives audiovisuelles en témoignent. Je pense pouvoir me targuer d'avoir été le Tadzio du VIIe arrondissement. Heureusement que je n'ai pas croisé Matzneff à cette époque. Tout cela, je l'ai déjà raconté dans *Un roman français* en 2009. On est tous victimes de quelque chose. 100 % des êtres humains ont un dossier dans leur passé. Toutes les femmes ont été draguées, droguées, harcelées, abusées, voire pire. Mais les hommes aussi. Pourquoi serions-nous épargnés ? Les garçons ont tous vécu la violence des autres garçons à l'école, les bagarres, la trouille, les menaces d'une bande qui vous serre dans un coin, à cinq contre un, pour vous faire tomber avec des balayettes et vous bleuir les tibias à coups de talon. Bienvenue dans la vie quotidienne des petits garçons. Et pas besoin de venir de Trappes ou de Saint-Denis pour expérimenter la violence dans sa chair.

J'ai été tabassé par un prêtre à Saint-Germain-des-Prés, le père Fèvre, qui dirigeait l'école Bossuet, pour avoir bavardé en classe. Il distribuait des châtiments corporels, avec sa main, dans son bureau fermé, à des petits garçons aux fesses nues. J'ai raconté ce souvenir dans mon dernier livre, *Un barrage contre l'Atlantique*, et depuis j'ai reçu plusieurs témoignages de camarades de l'école, qui se souviennent d'avoir subi le même châtiment BDSM. Le père Fèvre est mort il y a longtemps, bien avant que le rapport Sauvé ne dénombre 216000 victimes (toujours vivantes) d'abus de prêtres catholiques, de religieux ou de religieuses depuis 1950. Quand j'ai entendu ce chiffre à la radio, j'ai dû garer en urgence la voiture que je conduisais tant je voyais flou. C'est pourquoi je ne minimise jamais la souffrance des femmes. Parce que beaucoup d'hommes connaissent la même. Très tôt, on nous apprend à serrer les dents, c'est tout. Quant au patriarcat… ce mot m'a toujours fait sourire. Quel patriarcat ?? Ma génération ne sait pas ce que c'est. Les papas sont tous partis de chez eux. Il n'y a pas de pères non divorcés dans les années 1970. Il est où, le fameux patriarcat dont les féministes me rebattent les oreilles ? J'ai été éduqué par une mère célibataire qui travaillait pour nourrir ses deux fils. Je n'ai d'autre modèle familial qu'une femme seule, et on m'explique qu'il faut vaincre le patriarcat ? Non, mais je rêve ! Heureusement que les femmes avaient du pouvoir dans mon enfance, sinon j'aurais fini à la rue.

On est tous victimes de quelque chose ou de quelqu'un. Ceux qui n'ont pas été violés ont été battus. Ceux qui n'ont pas été battus ont été abandonnés. Ceux qui n'ont pas été abandonnés ont été pauvres. Ceux qui n'ont pas été pauvres ont vu leurs parents se déchirer. Ceux qui n'ont été ni violés, ni battus, ni abandonnés, ni pauvres, ni témoins de violences conjugales ont perdu toute leur famille dans un accident de voiture, ou avaient un père alcoolique, ou une mère toxicomane, internée à Sainte-Anne. Il n'y a pas d'un côté des victimes et de l'autre des bourreaux. Il n'y a que la phrase de Sartre : « L'important n'est pas ce qu'on fait de nous mais ce que nous faisons nous-même de ce qu'on a fait de nous. » On peut jouer les victimes à vie comme Annie Ernaux. Elle est richissime depuis 1984 mais a répété pendant cinquante ans qu'elle était une transfuge de classe (quoique fille d'épiciers soit un sort plutôt enviable : il y a toujours de quoi manger dans une épicerie). Si on ne souhaite pas rester une victime jusqu'à sa mort, on peut aussi sortir de ce statut et se reconstruire. Le message de ce livre est clair : je préfère être une ancienne victime qu'une victime professionnelle.

J'ai fait des études, j'ai travaillé, j'ai essayé de pondre des livres, des articles, des films, des émissions. Je ne pense pas avoir été particulièrement privilégié mais Pierre Bourdieu a sans doute raison : peut-être ai-je profité de la bibliothèque familiale sans le savoir. En tout cas, c'est bel et bien fini ; mon règne s'achève, et si l'on vandalise déjà ma maison, la prochaine étape est la charrette, comme mes aïeux, les comtes de Chasteigner de La Roche-Posay, avec bientôt ma tête au bout d'une pique. L'autre jour, une écoféministe, Lauren Bastide, m'a demandé de faire mon mea culpa à la radio. Je veux bien m'agenouiller et demander pardon mais pour quel crime ? Celui d'être né moi ? J'imagine pour quoi Lauren me réclame des excuses. Pour le manifeste des « 343 salauds » mais aussi pour avoir été le directeur du magazine *Lui*. Parce que je suis juré du prix Renaudot mais aussi parce que j'ai salué le César de Polanski. Il est vrai que la liste des prédateurs sexuels que j'ai fréquentés est longue, parce que je suis beaucoup sorti le soir et parce que j'ai travaillé dans des métiers créatifs (la publicité, l'édition, la mode, le cinéma, la télévision), où les jolies filles sont constamment en danger. On pourrait au moins reconnaître que je l'ai écrit noir sur blanc, et souvent. Plusieurs de mes satires décrivaient très précisément, des années avant metoo, le sexisme à l'œuvre dans les milieux professionnels que j'ai traversés. J'ai été viré de ces boulots pour avoir témoigné mais aucune féministe ne m'en a jamais su gré ; j'attends toujours ma médaille de combattant antisexiste. Quant à Jean-Luc Brunel, le model scout dont je me suis inspiré pour écrire *Au secours pardon* en 2007, il s'est suicidé à la prison de la Santé en février 2022.

Cela ne me dérange pas de demander pardon. J'ai été éduqué dans une religion, le catholicisme, qui encourage la confession et le pardon des péchés. Je le dis ici à toutes les lectrices qui me prennent pour un phallocrate : pardon, mesdames. Pardon pour tous les salauds qui m'ont précédé. Pardon pour les harceleurs et les misogynes. Pardon pour ceux qui continueront de vous niquer le corps et l'âme. Ils ne vous méritent pas, mais pardonnez-les et pardonnez-moi pour toutes les fois où je vous ai déçues, menti, quittées, trompées. Pardon pour les chagrins, les gaffes, les maladresses, les malentendus. Et à celles qui m'ont largué comme une merde : je ne vous en veux pas. Je vous comprends. Merci de m'avoir ouvert les yeux sur la rareté d'une rencontre et l'horreur de la vie sans toi.

Une journaliste de *Elle* a posté sur Twitter en janvier 2020 : « De Moix à Matzneff, depuis six mois, le nom de Frédéric Beigbeider* apparaît dans toutes les salles* affaires de Saint-Germain-des-Prés. On en parle ? »

* Veuillez nous excuser pour les deux fautes d'orthographe dans la phrase. *(Note de l'auteur.)*

Beaucoup de femmes souhaitent « m'annuler » en ce moment et je les en remercie car je suis fatigué de ma vie sociale, ça m'arrangerait de ne plus pouvoir bouger de chez moi. Ma famille devra probablement quitter la France après la publication de ce livre. J'ai dû faire mon autocritique publique deux fois en deux ans sur France Inter. Pour avoir écrit une satire de la radio qui avait froissé les animateurs de la Matinale. Et pour avoir (peut-être) ri lors d'une conversation privée chez Flammarion, il y a vingt ans. Mes deux mea culpa étaient la conséquence d'une hilarité mal placée. J'ai l'impression d'être un intellectuel chinois en 1966 quand les gardes rouges ont pris le pouvoir : je ne cesse de demander pardon, avec un bonnet d'âne sur la tête et une pancarte « représentant de la bourgeoisie » autour du cou, mais quelque chose me dit que je serai exterminé quand même. Me croyant un bobo tolérant dans une démocratie moderne, je ne prenais pas au sérieux les wokes. Leur menace me semblait tout juste bonne à fournir un sujet de débat sur CNews. Je n'avais aucune envie d'être Coleman Silk, le héros de *La Tache*, de Roth, poursuivi par la vindicte (le premier « cancellé » de l'histoire de la littérature), mais le jour où les militants viennent vous visiter la nuit à votre domicile, vous changez d'optique et comprenez à vos dépens que vous êtes désormais une cible à abattre. La violence est intrinsèque à toute révolution et ils en useront autant qu'il le faudra pour parvenir à leurs fins. Nommément. Pourquoi pas en publiant votre adresse et votre digicode.

Hier soir, à Bordeaux, un groupe de jeunes militantes m'a tendu un tract sur lequel étaient imprimées des statistiques, toutes exactes (j'ai vérifié).

> *« En France, tous les trois jours, un homme tue sa femme ou son ex.*
> *Entre le 1er janvier et début novembre 2022, 118 femmes ont été assassinées.*
> *65 % des victimes de féminicide avaient saisi la justice.*
> *Il y a 50 000 viols par an en France, c'est-à-dire un viol toutes les sept minutes.*
> *En 2020, 0,6 % des viols en France ont abouti à une condamnation (99,4 % des violeurs ne seront pas condamnés). »*

En tant que père de deux filles, je suis épouvanté par ces chiffres. Cessons de croire que les hommes hétérosexuels minimisent l'horreur des féminicides et des crimes sexuels. Ce qui m'a troublé, c'est que je n'avais pas le droit de venir à la manifestation du 25 novembre 2022 organisée par ces militantes bordelaises. Sur leur tract était spécifié : « Manifestation de nuit en non-mixité choisie, sans hommes cisgenres. » J'ai alors compris que j'étais rejeté, condamné, interdit pour mon existence propre. Pourquoi m'avoir distribué ce tract puisque j'étais victime d'un apartheid anti-mâles hétéros ? Je soutenais à fond leur démarche mais en tant qu'homme cisgenre (c'est-à-dire né de sexe masculin et l'étant resté), je n'étais pas le bienvenu à cette manif. En quoi ma présence diminuerait-elle la force de leur juste combat ?

L'avantage des confessions est de pouvoir raconter des choses qu'on n'a jamais racontées. Dans les années 2000, j'ai reçu une citation pour être juré à la cour d'assises de Paris. Durant deux semaines, je me suis rendu tous les jours au Palais de justice, sur l'île de la Cité. J'ai jugé un viol. J'ai été d'une extrême sévérité. J'ai envoyé un homme en prison pour dix ans. Je n'ai pas le droit de raconter les délibérations (qui se déroulent sous le sceau du secret) mais je peux vous dire que j'ai béni le Ciel que la victime ait effectué les démarches nécessaires à l'hôpital après son agression. Son calvaire était insoutenable, à tel point que la jeune femme a tenté de se suicider *pendant l'acte, en s'ouvrant les veines avec le crochet en métal d'un extincteur mural* – cela ne s'invente pas. Le coupable a été identifié scientifiquement par son ADN. La probabilité d'une erreur judiciaire est ultra faible. Il a d'ailleurs avoué son crime, ce qui a fait pleurer sa famille et sa victime. Ce qui cesse de protéger les violeurs, c'est le séquençage du génome humain. J'ai davantage foi en la police scientifique qu'en la délation numérique. Mais là encore, je peux me tromper, et cette opinion banale ne justifie pas une attaque de terrorisme pictural, merci pour votre compréhension. Si vous êtes agressée, il faut porter plainte tout de suite et effectuer tous les prélèvements nécessaires à une identification génétique. C'est long, pénible, dégradant, mais il n'y a pas d'autre solution pour que la police et la justice puissent incarcérer le criminel. Composez le 3919, ils répondent vingt-quatre heures sur vingt-quatre et expliquent toutes les démarches pour sortir de cet enfer. Enfin un livre utile en librairie.

Jusqu'à aujourd'hui, ma position sur metoo était la même que celle de 99 % des hétérosexuels, surtout ceux qui sont mariés : me taire pour avoir la paix. Cette technique est valable aussi bien dans son foyer que dans les médias. Plus on se tait et mieux on se porte. Je ne pensais pas utile de dire une banalité, à savoir qu'on est tous d'accord pour envoyer en prison les agresseurs sexuels. On aura un peu progressé le jour où les féministes comprendront qu'à part de rares psychopathes, tous les hommes sont dans leur camp.

Les intellectuels qui clashent les néo-féministes ou s'énervent contre la délation numérique ne s'attirent que des ennuis. J'ai décidé de répondre dans ce livre parce que, comme Virginie Despentes, je souhaite dialoguer, débattre et faire la paix, afin que plus personne ne vienne cultiver mon jardin avec des bombes de peinture indélébile.

Les wokes sont des fanatiques dangereux mais je fais le pari qu'on peut discuter avec eux. Examiner chaque scandale, chaque accusation, chaque *cancelation* attentivement, et rappeler les principes fondamentaux du droit. On ne rend pas la justice sur un plateau de télé. On ne balance pas des noms sans preuves sur les réseaux sociaux. La parole des victimes doit être libérée mais en tenant compte de la présomption d'innocence et sans oublier que le doute doit profiter à l'accusé. Sinon on renonce à la démocratie pour basculer dans le totalitarisme, et la justice devient du lynchage. Si quelqu'un se fait agresser sexuellement, il ne faut pas attendre la prescription pour porter plainte au commissariat, sinon ce sera parole contre parole et personne ne sera puni. Il faut se dépêcher de recueillir les preuves pour mettre les criminels hors d'état de nuire. La libération de la parole des victimes de VSS (violences sexistes et sexuelles) est nécessaire, mais plutôt devant la justice que sur Twitter ou à « Touche pas à mon poste ! » parce que, alors, il s'agit d'un tribunal populaire, instantané et médiatique. Pourquoi ne pourrais-je pas l'écrire noir sur blanc ? Le mouvement metoo a souvent consisté à clouer au pilori sans preuves, sans procès, donc sans avocat et sans appel. Demandez à Richard Berry, innocenté après deux ans de dénonciation calomnieuse, ce qu'il pense de la libération de la parole. Je vais vraiment devoir me cacher à la parution de cet ouvrage. *Adios, amigos !*

Vous vous demandez pourquoi je crois néanmoins qu'on peut et qu'on doit dialoguer avec les pires Khmers wokistes ? Parce que, tenez-vous bien : LES WOKES ONT SAUVÉ LES BOOMERS. C'est ce qui s'est produit durant la crise du Covid en 2020. La génération des *millenials* a sacrifié sa jeunesse et renoncé à sa liberté pour sauver la vie des hétéro-boomers qui ont détruit leur planète. N'oublions jamais ce miracle. Ma porte est ouverte, je ne demande qu'à être éveillé. Je suis candidat pour devenir le premier boomer woke. Chiche ?

2.

Adieu la coke

Longtemps j'ai cru que la vie était une fête ; passé la cinquantaine, la vie est un interminable lendemain de cuite. J'ai longtemps voulu être transgressif, sans savoir que j'étais conformiste. Aujourd'hui, je me sens mieux dans un monastère augustinien qu'au bordel, et les militaires m'amusent plus que les fashionistas. Ces confessions n'ont rien de conservateur ; continuer à encenser la drogue exigerait nettement moins d'aplomb que d'y renoncer. Se confesser dans un livre ne garantit aucune absolution ; passez votre chemin si vous cherchez dans ce livre autre chose qu'un homme qui tente de se comprendre.

La cocaïne anesthésie le désir. C'est le bromure des têtes à claques. Elle rend bavard mais impuissant. J'ai peut-être sniffé durant toutes ces années uniquement pour ne pas désirer à tort et à travers. On croit que cette poudre galvanise les play-boys alors qu'elle rend les maris fidèles.

À quoi reconnaît-on un boomer woke ?

C'est un vioque.

Qui arrête la coke.

On m'a souvent demandé d'écrire sur la cocaïne. Ma première réaction était toujours de demander : « Pourquoi moi ? » J'ai une réputation sulfureuse : dès que j'ai le nez qui coule, personne ne pense que j'ai le Covid. Il est vrai que je l'ai un peu cherché. Dans mes premiers livres, il neige à gros flocons. C'était cool de sniffer dans les années 1990. Aujourd'hui, quand je rajoute trop de poudre, mon éditeur lève les yeux au ciel. La coke est devenue *has been*. Il est sans doute temps d'en dresser une sorte de bilan.

On ne comprend rien à la coke si l'on ne dit pas que c'est la drogue des timides. Vous inhalez cette poudre et soudain vous « prenez la confiance ». Il y a beaucoup d'anxieux sur terre, d'individus mal à l'aise en société, de taiseux aigris, d'amoureux éconduits et de bègues mélancoliques que la coke rend sûrs d'eux, invincibles, comme les sous-mariniers russes en 1942, qui buvaient le Baltic Cocktail (un shot de vodka avec un gramme de coke diluée dans le verre) afin d'être torpillés dans l'allégresse.

J'ai découvert la cocaïne dans les premiers romans de Bret Easton Ellis et de Jay McInerney (tous deux publiés en 1984), ainsi que dans les films de De Palma (*Scarface*,1983) et de Scorsese (*Les Affranchis*, 1990 ; *Casino*, 1995). Le rituel des lignes blanches parallèles a donné son titre au meilleur album de Blondie (*Parallel Lines*, 1978). Le style de vie frénétique des rock stars a promu la cocaïne mieux qu'une agence de relations publiques.

La première fois qu'on m'en a proposé, j'avais vingt ans. C'était dans la salle de bain d'un grand appartement, avenue Georges-Mandel. Je me souviens encore de mon initiation comme d'un adoubement. Je n'ai dit à personne que c'était ma première fois ; je roulais des mécaniques comme un caïd des naseaux. La sensation n'était pas extraordinaire mais cette intronisation m'a donné l'impression d'un dépucelage réussi. J'étais enfin un oiseau de nuit décadent comme dans les articles d'Adrien, de Manœuvre et de Chalumeau, de *Rock & Folk*. J'avais accès au Valhalla de la rock'n roll attitude. Je n'étais plus un petit bourgeois de Neuilly mais un membre du club des foncedés. On est très vulnérable quand on a vingt ans. Je me souviens que ma fiancée était terrorisée par ma transformation en crétin. J'étais tout pâle et persuadé. Persuadé de quoi ? Je m'en fichais. J'ai commencé à dire n'importe quoi très fort, à balancer mes camarades de baignoire avec conviction. Comme toujours chez les toxicomanes, on dénonce pire que soi. Mick Jagger trouvait que David Bowie en prenait trop. David Bowie trouvait que Keith Richards en prenait trop. Et Keith Richards trouvait que Ron Wood n'en apportait jamais assez. Il faut dire que la coke crée une étrange forme de proximité entre ses usagers. C'est une confrérie secrète de victimes qui se prennent pour de grands délinquants. La cocaïnocratie ! J'étais accepté chez les frimeurs fragiles. J'ai mis ensuite plusieurs décennies à comprendre qu'on ne s'échappe pas facilement de cette secte. Ses membres se dépannent mutuellement. Il suffit d'un petit clin d'œil discret. Il y a toujours un « ami » pour vous remettre le nez dans le produit en période d'accalmie. En vous faisant un cadeau à la fin de votre *rehab*. C'est de cela qu'Amy Winehouse est morte : la solidarité des toxicos empêche la désintoxication. Il existe en particulier tout un code pour se refiler les paquets discrètement, en laissant pendre son bras. « T'as du truc ? T'as du machetoc ? Que devient Caroline ? Corinne ? Quelqu'un a de la CC ? de la Cé ? une petite relance ? Il est où le branchement sur le gaz ? » Ces surnoms constituent autant de mots de passe vers votre propre tombeau. La durée brève des effets est le pire danger de ce produit. On croit qu'on est à l'abri car l'euphorie est limitée à trente minutes. C'est la seule drogue qui donne l'impression qu'on peut la contrôler. William Burroughs disait que c'était la plus dangereuse pour cette raison : on finit tout ce qu'on a sur soi, il est très rare qu'on en garde en réserve. On prend tout parce qu'on se croit supérieur, à elle comme aux autres.

Le geste était si à la mode dans les années 1980 qu'il avait quelque chose de religieux. Le sommet du glamour consistait à se planquer dans les bureaux des patrons de discothèque pour écraser des cailloux blancs avec sa carte de crédit, avant de dessiner des traits sur un miroir et de rouler un billet de 500 francs pour les aspirer. Blaise Pascal a ainsi souvent vu passer les deux infinis de neige devant son visage roulé en forme de tuyau. Au premier étage des Bains, l'on pouvait croiser Hubert Boukobza, Bob De Niro, Jack Nicholson et Roman Polanski en grande conversation avec des mannequins autour des traces de poudreuse, écoutant « White Lines » par Grandmaster Flash. Ces célébrités luttaient contre leur isolement et à vingt ans je m'identifiais à elles. Je cherchais une forme de fraternité chimique. Je n'y songe pas sans une boule au ventre en réalisant que, peut-être, plus tard, d'autres couillons se sont identifiés à moi. Tant d'amis sont morts pour une illusion. La démocratisation de ce produit a pris quatre décennies et aujourd'hui le « briseur de soucis » cher à Freud est partout, dans les campagnes, dans le milieu ouvrier, à moindre coût, coupé au laxatif, aux amphétamines… Le glamour s'est envolé, il ne reste que ses ravages : overdoses, dépressions nerveuses, infarctus, AVC, cancers de l'estomac ou du côlon, chômage et violences conjugales, trafics à l'arme lourde et peines de prison ferme. La coke a pénétré la France périphérique. La coke est désormais… de gauche.

Je n'ai jamais compris ceux qui en prenaient pour coucher avec des gens. La cocaïne donne confiance pour aborder des inconnus mais coupe toute capacité à conclure sexuellement. Même inconvénient avec l'ecstasy : on séduit sans parvenir à bander. Je ne peux pas dénombrer tous les fiascos que j'ai accumulés. Il m'est souvent arrivé de m'excuser au lit pour avoir rendu copie blanche, avant de gober un Stilnox et de me réveiller seul dans une chambre d'hôtel. Ou pire : dans un after chez des inconnus. Le *walk of shame* du matin est la punition des dopés nocturnes. J'ai souvent croisé des humains tout frais, accompagnant leurs enfants à l'école d'un pas guilleret, sentant le savon et le dentifrice, tandis que je baissais la tête pour ne pas être deviné. Les drogues n'ont d'autre finalité qu'elles-mêmes. Le but est d'en reprendre jusqu'au trépas. Des études effectuées sur des souris ont fini en hécatombe : les souris se prenaient toutes pour Mickey Mouse et en oubliaient de se nourrir. La clientèle du Studio 54 et du Palace appréciait ce régime amincissant. En revanche, n'essayez pas d'écrire sous cette influence. Truman Capote, qui en consommait des cuillères à soupe pleines, n'a jamais pu terminer *Prières exaucées*. De tous les écrivains cocaïnés, celle qui en a le mieux parlé est Françoise Sagan : « On se drogue parce que la vie est assommante, que les gens sont fatigants, qu'il n'y a plus tellement d'idées majeures à défendre, qu'on manque d'entrain. » Ses meilleurs romans sont les premiers.

Aujourd'hui je ne prétends pas donner l'exemple. Je voudrais vous épargner le numéro de la grande confession d'ancien drogué qui se dit fièrement guéri. Mon sosie Pierre Palmade a parfois annoncé trop tôt sa victoire. Les toxicos désintoxiqués sont tous des mythomanes, les vrais réhabilités savent que c'est un combat de chaque instant. À partir du jour où un accro vous annonce qu'il s'en est sorti, il ne reste plus qu'à attendre. Plus dure sera sa rechute. Je ne veux surtout pas donner de leçons de morale, seulement raconter une expérience qui fut parfois comique, et souvent pathétique. Je me méfie des gens qui répètent tout le temps qu'ils vont très bien ; on apprend généralement leur suicide quinze jours plus tard, sans être surpris.

Je le sais car j'ai souvent arrêté. La drogue comme la boisson engendrent beaucoup de promesses non tenues. Les cokés forment une belle famille de schizophrènes, arrêtant toujours le lendemain, replongeant le surlendemain. La cocaïne est une métaphore assez exacte de l'addiction de l'humanité au pétrole. On sait que c'est mal, que ça nous détruit, mais au moment de faire le plein d'essence, on pense à autre chose. L'être humain est très doué pour se sentir coupable… sans changer de vie. Ma décision de quitter Paris en 2017 fut mûrement réfléchie. En m'éloignant des tentations, j'ai peut-être sauvé ma vie. Mais je replongerai ce soir, comme tous les sobres du Dry January se saoulent le 1er février.

De Baudelaire à Hunter Thompson, les écrivains que j'admire ont mené une mauvaise vie. J'ai déjà expliqué plus haut que je ne demande pas à l'art de m'apprendre à vivre sainement : il y a des nutritionnistes pour cela. Je veux juste témoigner ici en toute sincérité de ma lassitude. Dire adieu à la coke, c'est aussi dire adieu aux nuits blanches à broyer du noir, adieu aux dîners sans manger, au sommeil introuvable et aux érections molles, adieu au mélange mortel de somnifères et de vodka, aux SMS pornographiques envoyés à cinq heures du matin, aux sautes d'humeur, à cette fatigue interminable qui rend la vie si dure aux proches, adieu à tout ce cirque qui ne m'amuse plus depuis si longtemps. J'ai eu de la chance, on peut même dire que je l'ai échappé belle. Je suis resté pratiquant mais non croyant, membre du club mais distancié, consommateur occasionnel et gratteur gratuit, coké festif et non acheteur quotidien. J'ignore pourquoi je n'ai jamais complètement plongé : un mélange d'éducation provinciale, de culpabilité catholique, de trouille d'hypocondriaque et de discipline littéraire. Chaque jour, je voulais écrire, malgré tout. La littérature m'a peut-être protégé au sens où il faut tout de même être capable de pondre un paragraphe tous les matins, même si le matin commence à quinze heures trente. Mon attirance pour l'autodestruction n'a jamais vaincu ma prudence de bon élève. J'ai voulu avoir une image trash mais je n'ai jamais vraiment réussi à quitter mon blazer bleu marine à boutons dorés des rallyes du XVIe. N'est pas Lou Reed qui veut. Je suis navré d'avoir déçu tous ceux qui ont cru que je mourrais à quarante ans. Chez moi, l'écriture sous cocaïne n'a jamais donné de beaux résultats : pages chimiques, chapitres dépressifs et redondants, rédigés parce qu'on ne peut pas dormir… ces lignes n'auront servi qu'à épaissir la sauce. À présent, je préfère écrire light, sobre et à jeun.

Je confesse tout de même en avoir exagéré l'usage par mon *alter ego* Octave dans *99 francs* (2000) mais je jure n'avoir touché aucun subside du cartel de Medellín. Je n'ai rien inventé : dans les années 1990, certains directeurs de création ou animateurs de télévision en prenaient le matin avant leur café. Un bon moyen de distinguer ceux qui en ont vraiment abusé est de vérifier l'âge de leur mort. Par exemple, Jean-Luc Delarue nous a quittés à quarante-huit ans. Ceux qui sont toujours là à cinquante-sept ans pour s'en vanter sont donc des bonimenteurs ou des romanciers. Ce n'est pas parce qu'on a fait deux nuits de garde à vue qu'on peut se comparer à Elton John. Quand on demande à ce dernier où est passée sa fortune des années 1970, il paraît qu'il montre son nez.

La coke est désormais une drogue de vieux ringards. Le premier à l'avoir dit est Gérald Nanty, le patron du Mathis Bar. Il trouvait la nuit plus gaie (dans tous les sens du mot) avant cette avalanche blanche. Il est vrai qu'on s'amuse plus avec l'alcool. La coke nous servait souvent à dessaouler après une heure du matin. Elle remplace l'ébriété par la frime, les plaisanteries grivoises par les joues tendues, les ragots mondains par la vantardise narcissique et la répétition de banalités, puis les mâchoires serrées, les dents qui grincent, les attaques de panique et la paranoïa esseulée. On sniffe pour se sentir moins seul et on l'est trois fois plus. Je me souviens de François-Marie Banier me mettant en garde : «Attention, Frédéric, regardez comment a fini Yves Saint Laurent.» Mais c'était plus fort que moi : je ne voulais pas finir comme Pierre Bergé. Je suis souvent rentré chez moi sans parvenir à articuler, avec un visage grimaçant, grommelant des borborygmes. C'était particulièrement gênant quand je croisais une charmante lectrice dans la rue qui me demandait : «Qu'écrivez-vous en ce moment ?» Face à mon mutisme paralytique, je voyais son admiration transformée en dégoût, puis en pitié. On veut ressembler à Johnny Depp dans *Las Vegas Parano* et on finit avec la tronche de Stephen Hawking. Antoine Blondin avait raison de dire qu'on ne trinque pas avec des seringues : encore moins avec des pailles. Les nouvelles générations se moquent des boomers cocaïnés, comme ceux-ci des anciens combattants de 1940 défoncés au Ricard. J'ai eu honte si souvent que j'en ai perdu toute pudeur aujourd'hui. Je suis déjà étiqueté, je n'ai plus d'image à ruiner. Si ce livre peut sauver des jeunes, alors je n'aurai pas été ridicule en vain.

La première fois que je me suis aperçu que la cocaïne était finie, c'était au festival de Cannes en 2005. Je participais au « Grand Journal » sur Canal +, et un soir je me suis retrouvé à dîner au bord de la piscine du Martinez avec le jeune Yann Barthès et son producteur Laurent Bon. Je faisais des allusions lourdes :

– Bah quoi, les gars ? On est à Cannes et vous tapez pas ? Alors ? On y va ou quoi ?

Et eux de me regarder avec effarement :

– Non, mais, Fred, tu sais, c'est pas trop notre truc…

Il est affreux de se rendre compte que le produit illicite qu'on prend (au péril de sa santé) pour être dans le coup… n'est plus dans le coup. Je fus humilié par l'apitoiement de la génération suivante face à ce qui autrefois constituait une raison d'admirer les anciens. Le respect pour Tony Montana s'était perdu. Ce pauvre vieux Tony n'était plus qu'un sinistre narcotrafiquant qui méritait d'être transformé en passoire. Proposer une « poutrasse aux chiottes » équivalait à demander à quelqu'un son numéro de téléphone alors que tout le monde se chopait sur Facebook – le sommet de la désuétude. J'ai pris cent ans ce soir-là quand j'ai pigé que les play-boys de la jet set ne suscitaient plus que de la compassion, et que la relève me prenait pour le Jean-Claude Van Damme du Flore.

Vers le milieu des années 2010, j'avais arrêté la coke comme j'avais commencé : par ennui. Il m'a semblé que nous pratiquions ce rituel aux toilettes par habitude plutôt qu'enthousiasme. Nous descendions sans raison nous pencher sur les rails, pour nous faire du mal sans plus ressentir de bien. La seule chose qui nous excitait encore était de braver l'interdiction. La banalisation de ce stupéfiant permet d'en désintoxiquer les snobs dans mon genre. Ma nouvelle sobriété est un élitisme, mais aussi un message aux générations futures. Je voudrais que mes enfants sachent quelle perte de temps et d'argent cette habitude représente. Il existe de meilleurs procédés pour lutter contre l'ennui : le vin de Meursault, les romans, le jardinage... Les trois occupations les plus *healthy* sont : le sexe, le sexe, le sexe. À ce propos, les néo-junkies actuels pratiquent le « chemsex » : des chimistes imaginatifs ont créé de nouvelles molécules permettant de vaincre la timidité sans couper la libido. La 3MMC est une coke qui ferait l'effet du Viagra. Heureusement, je n'ai jamais pu l'essayer : à mon âge, je ne sais même pas où elle s'achète.

Dans les années 2000-2010, la drogue est devenue un sujet de séries cultes (*Breaking Bad*, *Gomorra*,

Narcos…), au moment même où elle cessait d'être à la mode. On ne voulait plus en prendre, mais la regarder comme un spectacle de fiction. Le dernier film en faisant l'apologie est particulièrement outrancier : c'est *Le Loup de Wall Street* (2013), toujours de Scorsese, décidément son meilleur publicitaire. Cette fois, il ne montre plus la cocaïne comme un signe de réussite statutaire, mais comme une blague absurde, un gag hilarant, un délire grotesque symbolisant la folie des spéculateurs de la finance. Depuis 2013, la coke n'est plus un attribut d'ascension sociale, plutôt un symptôme de la fin du capitalisme. Elle n'est plus utilisée pour passer des nuits blanches à danser avec des top models, mais pour augmenter sa productivité, suivre le rythme dans une start-up, tenir plusieurs vies professionnelles à la fois. Elle est passée de Tony Montana à l'ouvrier Stakhanov.

C'est pourquoi je suis favorable à la légalisation : une fois dépénalisée et servie sur ordonnance médicale, la coke sera aussi pitoyable qu'un Picon-bière. J'ai renoncé car les descentes étaient plus difficiles à cinquante ans qu'à vingt ans. Les lendemains duraient trois ou quatre jours, et j'avais une nouvelle ambition : vieillir.

J'ai découvert malgré moi que j'étais vieux quand je suis devenu, comme toute la société occidentale, atrocement vertueux. Si jamais un soir vous croisez un individu me ressemblant beaucoup, en plus bête et difforme, beuglant des insanités crâneuses en boucle, suant des tempes à la sortie des toilettes d'un restaurant démodé, éternuant et dégoulinant, ou simplement muet, les yeux écarquillés comme ceux d'un hibou, mais un hibou qui ferait un AVC, sachez que ce ne sera pas moi. Ou alors – mais je n'ose envisager pareille éventualité… mon Dieu, l'être humain est si faible… si une telle catastrophe se reproduisait, ce serait uniquement par ma faute… alors, s'il vous plaît, il ne faudra pas en vouloir à Albin Michel d'avoir imprimé une *fake news*. Pour une fois, je vais essayer de tenir une promesse. Beaucoup de gens ont déjà tenté de me sauver : mes enfants, mon épouse et sa patience infinie, mais aussi notre déménagement sur la côte Atlantique, et un policier intelligent, en 2008, des juges sévères, des médecins addictologues… C'est la première fois que toute une maison d'édition leur emboîte le pas. Salinger se définit comme un paranoïaque à l'envers, convaincu que les autres complotent dans son dos pour le rendre heureux. Je suis un salingérien de la réhabilitation.

Je voudrais insister sur un point. On croit que ce n'est pas si grave. Pas plus que la mort. À force de tout dédramatiser, on la frôle souvent. Au fond, la coke fut mon risque à moi, comme l'escalade pour Sylvain Tesson, et il m'est arrivé d'avoir sa bouche tordue quand je dépassais la dose prescrite. Cela me fait penser à une phrase de Jay McInerney : « *We have survived the cocaine wars.* » Si jamais la coke fut notre guerre, alors espérons que nous n'avons pas combattu pour rien. La cocaïne crée un problème qu'elle résout momentanément. Elle fournit aussi un sujet de conversation : qui appeler quand on a effacé tous les numéros de dealers de son portable ? Quand va arriver le marchand de sable ? Où se cacher pour taper ? Tant de questions peuvent occuper une soirée passée avec des gens auxquels, sinon, l'on n'aurait rien à dire. Mais le vrai problème, c'est soi, enfermé à double tour dans les WC au lieu d'accepter le monde comme il est. Si je devais prévenir mes enfants, je leur dirais qu'il faut faire la paix avec son reflet. La réalité n'est pas toujours palpitante, et l'on aimerait tous être quelqu'un d'autre, de meilleur, mais soi-même est le seul endroit où l'on peut habiter. On ne déménage pas du monde réel ; *there is no planet B*. C'est inutile de vouloir s'anesthésier. Le malheur existentiel a bon dos, on trouve toujours une fêlure qui sert d'alibi. Je leur citerais les deux dernières phrases de *Guerre* de Céline : « C'est énorme la vie quand même. On se perd partout. » Il ne faut pas se compliquer le chemin, plutôt trouver l'issue de secours. Les addictions sont une béquille, et si le plaisir existe (ne mentons pas aux enfants là-dessus), attention à ne pas se perdre sur la route.

Faites ce que je dis mais pas ce que j'ai fait. Ne vous moquez pas de mes errances. J'ai vécu cette perte des repères pour vous l'épargner. S'il vous plaît, évitez-moi la déchéance supplémentaire d'être inutile.

Vous êtes ma seule chance de n'avoir pas vécu tout cela pour rien.

3.

Le refuge

Je suis officiellement la personne la plus dingue du monde : j'ai accepté d'être confiné après le confinement. C'était au lendemain de mon spectacle au Bataclan. Les 11 et 12 juin 2021, je me trouvais debout sur la scène de ce vieux music-hall devant six cents personnes. Durant une heure, j'y déplorais la suppression de toutes les libertés publiques pendant un an et demi. Le 9 juin, tous les restaurants venaient de rouvrir après des mois de fermeture autoritaire. Il y avait une hystérie dans l'air parisien. DJ Pone envoyait « Yeah, Techno ! » de Soulwax tandis que je beuglais les passages les plus nihilistes de mes livres. Les deux soirs, j'ai terminé la lecture en nage. Je me suis couché extrêmement tard après avoir dansé, festoyé, rigolé et pleuré comme un pur histrion exhibitionniste. Je connaissais enfin la vie de rock star : on est applaudi par une foule et quand on rentre se coucher, l'adrénaline empêche de trouver le sommeil. Je voulais effectuer un bilan scénique de mes trente ans de publications : j'en ai retenu que le monde est bien pire qu'à ma naissance, moins libre et plus sale, plus con et plus moche. Voici ce que j'écris depuis trente ans : la vie est invivable, le désir toujours insatisfait, l'amour une escroquerie, le bonheur impossible, le capitalisme une machine à tout détruire, le présent une apocalypse et le futur inexistant. Par-dessus le marché, j'ai découvert que le narcissisme, même rassasié, rendait insomniaque.

Ensuite j'ai ronflé dans le TGV Paris-Carcassonne ; je le sais parce que j'ai été réveillé plusieurs fois par le bruit d'un moteur cassé, qui était moi. Un chanoine en soutane blanche est venu me chercher à la gare : le frère Dominique. Ce grand homme à lunettes a soulevé ma grosse valise sans le moindre effort. J'ai eu un peu honte de saluer un homme en soutane devant un groupe de jeunes filles, et juste après, j'ai eu honte d'avoir honte. Il faisait quarante degrés ; je ne sais pas comment le frère Dominique supportait cette robe. Dans la voiture qui nous conduisait à l'abbaye, je me suis ouvert à lui, nous avons parlé de mes enfants qui me manquaient, mais j'ai senti que mon chanoine-chauffeur s'intéressait davantage à mes chroniques du *Figaro Magazine*.

C'était une conversation d'homme à homme, sous le regard de Jésus, si Jésus prenait la forme d'un nuage unique dans un ciel d'azur. J'ai apprécié la disparition du *small talk*, ces banalités polies et flatteuses dont les gens de théâtre m'abreuvaient depuis des semaines. Les religieux sont pressés d'aller à l'essentiel, surtout ceux qui ont fait vœu de silence. Cela les rend très directs, parfois un peu trop. Heureusement, le père Dominique ne m'a pas demandé comment j'allais, ce qui m'évita de me liquéfier dans sa Twingo.

Je suis resté enfermé dans ma cellule toute la première journée. Auparavant, j'avais dormi quatre heures en trois jours. Si vous voulez savoir, eh bien oui, j'avais repris de la coke et ne comptais plus que sur Dieu pour m'en sortir. Je suis arrivé à l'abbaye Sainte-Marie de Lagrasse dans un état d'épuisement physique et psychique total. Le déconfinement fut une déconfiture. L'enfermement de 2020 m'avait rendu dépressif ; en 2021, le retour à la vie me rendait fou. Et si je n'arrivais plus à affronter le monde extérieur autrement qu'en cabotinant sur des tréteaux ? La société s'apprend lentement et se désapprend très vite. En enfermant un peuple, et en le libérant un peu, avant de le cloisonner de nouveau, le gouvernement ne savait pas le risque qu'il prenait : nous transformer en animaux sauvages, en mammifères désespérés, en atomes dispersés. Une peuplade de schizophrènes prête à déchaîner sa violence.

Le sociologue François Dubet a analysé la disparition des structures d'encadrement du lien social dans plusieurs essais : *La Galère. Jeunes en survie* (1987), *Le Déclin de l'institution* (2002) et *Tous inégaux, tous singuliers. Repenser la solidarité* (2022). Il s'est entretenu avec de nombreux jeunes délinquants, casseurs, violents, « galériens », qui lui ont majoritairement signifié que c'est l'absence de structures, depuis les années 1970, qui était responsable de leur mal de vivre. Les inégalités étaient moins douloureuses, les injustices moins pénibles quand la société était tenue par des institutions fortes et des solidarités de classe.

La vie déstructurée est infiniment plus violente que la vie structurée.

J'ai donc décidé de prendre des notes pour garder une trace de ma banqueroute émotionnelle dans ce monastère augustinien. Les chanoines blancs de Lagrasse vivent dans une faute d'orthographe : pourquoi ne pas assumer de vivre dans la grâce, en deux mots ? Frère Dominique m'a fait visiter le clocher rénové de cette abbaye romane. Une charpente en bois toute neuve supporte l'immense cloche qui indique les heures et les offices. En haut d'un escalier minuscule en colimaçon de pierre, le chanoine me montra le paysage alentour, la rivière (l'Orbieu) qui borde le domaine, les potagers et les amandiers, les oliviers et les vignes, la colline en face aux cyprès penchés, prénommée Carla, et le village médiéval, avec ses fenêtres ouvertes sur le vide. Je lui ai demandé combien de personnes s'étaient jetées du haut de ce clocher. Il m'a répondu :

– Seulement Sylvain Tesson, mais avec une corde de rappel ; et trois frères qui l'ont suivi courageusement.

Il ne semblait pas spécialement choqué par ma gueule de bois. Je suppose que la plupart des personnes qui viennent spontanément effectuer une retraite spirituelle sont au bout du rouleau. Les gens épanouis ne demandent pas à s'enfermer au monastère. S'est-il aperçu qu'en banalisant ma détresse il venait de m'en débarrasser ? Je ne descendrais pas en rappel, mais je me rappellerais de ma descente.

Je suis le Zelig du Christ. Moi, tu me mets en présence de quiconque et je m'adapte comme un caméléon humain. Avec les moines, je suis si influençable qu'il me pousse une capuche dans le dos. Chantez-moi les vêpres en grégorien et je m'agenouille ; la ferveur est contagieuse. Dans trois jours, je retourne à l'hôtel Grand Amour avec des zizis dessinés sur la moquette et je redeviens érotomane. Quand on n'a pas de colonne vertébrale, j'imagine que l'âme se promène alternativement entre le cœur et la bite. Cette phrase pourrait être du Bossuet 2.0.

Je trouverai peut-être la foi dans ce jardin, comme on cueille une pâquerette. Depuis que j'ai lu *La Grâce* de Montaigu, je me méfie des églises et des monastères. J'ai peur de me prosterner trop vite. Je sens en moi un besoin de génuflexion. J'ai tant de péchés à confesser : l'égocentrisme, la mégalomanie, l'addiction à tous les plaisirs défendus. Mon pessimisme est un fonds de commerce. Je n'ai pas lu tout saint Augustin mais je sais que sa règle me soigne mieux que sa pensée. Je suis comme la France : de temps en temps, entre deux dépenses excessives, j'ai besoin d'une cure d'austérité.

Le rapport Sauvé porte bien son nom. Savoir que ma souffrance infantile était reconnue par l'Église m'a réconcilié avec elle. Je ne pardonne pas le sadisme du père Fèvre mais je refuse qu'un prêtre puisse me dégoûter du Christ.

Ce n'était pas la première mais la troisième fois que j'effectuais une retraite dans un cloître.

Récapitulons mes trois retraites.

La première, c'était en 1978. Avant leur confirmation religieuse, l'école Bossuet emmenait ses élèves près de Paris, en retraite spirituelle. Pour préparer la cérémonie, nos professeurs de catéchisme avaient organisé un week-end dans une abbaye dont le nom m'échappe. Seul dans ma chambre, j'y ai pris goût à l'introspection. Une plume de colombe entrée par la fenêtre fut regardée pour un signe de Dieu. J'avais écrit un texte de trente pages sur ce miracle tombé du ciel. Les curés de Bossuet avaient félicité mes parents, qui s'étaient inquiétés : étais-je en train de basculer vers le mysticisme ? Allais-je exiger mon inscription au séminaire ? Je suis peut-être devenu écrivain durant cette première retraite en noircissant les pages d'un carnet pour tromper mon ennui. J'ignorais que j'imitais Blaise Pascal, avec mes feuillets pliés soigneusement dans la poche intérieure de mon duffle-coat. Ce que cette première retraite m'a appris à douze ans, c'est qu'écrire accélère le passage du temps, aide à penser, emmène dans des zones imprévues. En remplissant mon carnet, j'explorais mon crâne. Cela me changeait des dictées de l'instit de CM2, mais l'exercice n'était pas si différent : écrire, c'est retranscrire une dictée qui vient de plus haut que soi. Il existe probablement un lien indissoluble entre l'écriture et les Écritures. Écrire, c'est croire en quelque chose de supérieur, c'est se prendre pour quelqu'un de meilleur – tout écrivain est habité. On écrit pour s'explorer, apprendre qui l'on est. On écrit pour savoir ce qu'on va écrire. L'enfermement dans cette retraite a créé un désir d'expression, comme lors de ma garde à vue de 2008. Ensuite, toute ma vie, si j'ai fréquenté des lieux distrayants, c'était pour éviter d'écrire. Le brouhaha protège de la confession.

En 1983, un copain préparant comme moi le concours d'entrée à Sciences-Po me proposa de bachoter ensemble dans l'abbaye de l'abbé Pierre, en Normandie. À dix-huit ans, je me suis donc retrouvé une nouvelle semaine cloîtré, à Saint-Wandrille, avec Jean-François Reille-Soult de Dalmatie. Je devais apprendre en huit jours tout le programme de l'année. C'est un souvenir flou, tout comme mes connaissances en droit public et en économie politique. Tout s'est envolé une fois réussi l'examen, ce qui laisse songeur sur les capacités des diplômés. Un énarque, c'est un type qui a complètement oublié tout ce qu'on lui a inculqué, mais prétend tout savoir : la pire configuration pour gouverner. La règle bénédictine m'a aidé à me diplômer mais elle était plus stricte que celle d'Augustin : on n'avait jamais le droit de parler. Il faisait très froid et la bouffe était sinistre. Il me revient tout de même qu'au bout de quelques jours, je m'étais surpris à apprécier cette existence structurée. J'ai grandi dans l'indiscipline forcée de mes parents. Sans réellement l'admettre, il est possible que je fantasmais sur une vie rigoureuse, avec des points de repère, des valeurs, des interdits et des horaires stricts. Saint-Wandrille m'a donné un aperçu d'ordre, que j'ai ensuite retrouvé au 120e régiment du train de Fontainebleau, lors de mon service militaire. Je suis paradoxal : mon libertarisme hédoniste est en permanence contredit par ma nostalgie d'un ordre que je n'ai jamais connu. Je suis en manque de rituels. Comme un artiste a besoin de contraintes pour donner le meilleur de lui-même, l'homme a besoin de structures pour éviter de se perdre.

Enfin me voici en 2021 dans ma troisième retraite catholique, à Sainte-Marie de Lagrasse. Une sorte de détox post-« DJ set littéraire » : ni femme ni enfants, pas de pression médiatique, pas d'exhibitionnisme exacerbé, pas de standing ovation, pas de tentation hétérosexuelle. La liberté entre quatre murs épais. Le terminus des prétentieux. La règle augustinienne est un cadre strict mais non rigide : pauvreté, humilité, charité, prière, psaumes, frugalité, communauté, chasteté. L'état de la planète nous rendra bientôt tous augustiniens, que nous le voulions ou non. « Subjuguez votre chair en jeûnant et en vous abstenant de nourriture et de boisson dans la mesure où votre santé le permet. » Elle est loin, la tradition du moine ripailleur de Rabelais. Frère Dominique me propose tout de même du pâté et du saucisson, que je dévore avec lui et quelques chanoines sur la table du jardin. Ce sera notre unique repas avec l'autorisation de parler à haute voix. De cette cène, j'ai retenu ceci :

Le Ciel hypothétique ne m'aide pas à vivre, mais les principes de l'Église, si. Partager, accueillir, aider. Aimer. Garder son calme. Le silence et les chants grégoriens. Accepter d'être dépassé. La génuflexion guérit de la prétention. Restaurer la beauté d'une abbaye, sauvegarder la culture comme à Monte Cassino : enfin des projets dignes. Il arrive aux moines de douter : dans ce cas, ils s'entraident, se serrent les coudes. Parfois il y en a qui renoncent. D'autres ne sont pas acceptés dans le groupe. C'est une famille comme une autre, ou un club très exigeant, dont l'unique but est la joie intérieure. Certains se sont sentis appelés très jeunes, d'autres ont souffert : un chagrin d'amour, un deuil, un accident, ou simplement la vocation était tardive. Nous discutons de ces questions importantes avec une douceur qui ne nous quittera plus. Le chantre organiste de l'abbaye est particulièrement beau et gentil. Si j'étais homosexuel, il serait celui dont je tomberais amoureux.

Ma vision de la vie monastique reste très rudimentaire. Puérilement, je m'imagine l'existence comme un labyrinthe dans lequel je suis poursuivi par un monstre (moi ?). Je cours depuis ma naissance en cherchant l'issue. Un jour, je me retrouve dans une impasse : je ne vais plus pouvoir m'échapper. Le monstre se rapproche dans mon dos, j'entends ses dents grincer. Au bout de l'impasse, j'aperçois une porte. Je tourne la poignée, ouvre la porte et la referme à double tour derrière moi. J'entre dans une cour intérieure aux arcades dorées, un jardin soigneusement taillé, où des chants s'élèvent. Un havre simple. Le refuge des âmes blessées. Le diable griffe la porte fermée mais je n'entends plus ses grognements. J'ai raconté ce rêve éveillé aux frangins assis autour de la table et ils ne se sont pas moqués de moi.

– Voilà comment j'imagine votre existence.

– C'est exactement ça, a dit le chantre en me tendant une coupe d'amandes fraîches.

Rappelons le principe de la règle monastique : pas de vodka, ni de kétamine. Pas une seule nana. L'enfer ! Nombreux furent les dépravés tentés par cette *rehab* ultime : saint Augustin, le père de Foucauld, Huysmans et son héros Durtal, ou Franz Liszt, et même Michel Houellebecq, à l'abbaye de Ligugé. *Homo festivus* tourne en rond : à un moment il a besoin de chercher une autre dimension, de regarder en l'air plutôt que de gambader tout le temps vers des plaisirs de plus en plus fugaces et de moins en moins sains. De moins en moins saints, aussi.

Au téléphone, mon frère Charles m'envie de partir en retraite à Lagrasse. Il m'annonce que je vais remonter mille ans en arrière. Il a séjourné à Fontgombault, monastère roman, où il n'y a ni téléphone ni wifi, et où la température est de sept degrés pendant l'hiver, très humide. On devrait publier un guide des meilleures retraites cathos : Lagrasse serait dans le tiercé de tête, avec l'abbaye de Lérins, sur l'île Saint-Honorat, en face de Cannes, et le Mont-Saint-Michel, bien sûr.

L'abbaye de Lagrasse a été fondée par Charlemagne au début du VIIIe siècle, mais auparavant des moines troglodytes vivaient déjà dans des grottes du coin. Dans les années 1970, la bâtisse a été colonisée par des catholiques hippies de la communauté de la Théophanie puis rachetée par un Allemand pour faire un centre de cure méditative et enfin reprise en 2004 par la congrégation des chanoines de la Mère de Dieu, de Gap. Un tiers de l'abbaye reste occupé par Le Banquet de Lagrasse, une librairie proche des éditions Verdier et d'Ombres blanches, excellente officine toulousaine. La littérature engagée cohabite avec la spiritualité. Plus loin, nous verrons que ce n'est pas tous les jours évident.

Les chanoines ont le wifi dans une seule salle, mais coupé à vingt et une heures trente. Le reste du temps, ils captent d'autres ondes. Je taquine frère Dominique :

– Donc il y a une pièce avec le wifi, mais pour capter le Très-Haut, il faut se rendre à l'église ?

– Non. Dieu est partout, pas Google.

Dominique m'a donné les digicodes pour sortir de ma réclusion afin de me rendre au village mais je refuse de m'en servir, même la nuit.

Je m'attendais à séjourner dans *Le Nom de la rose* mais j'ai davantage l'impression de résider dans *Des hommes et des dieux*. J'attends l'attaque de Daech. Suis-je paranoïaque ? J'espère me tromper mais cette congrégation me semble une cible idéale pour des fanatiques qui voudraient se faire un coup de publicité. Liquider des moines est encore plus facile que de taguer ma baraque. Décidément, mon passage au Bataclan semble avoir laissé des traces dans mon cerveau. Je vois des terroristes partout, même dans un petit village des Corbières. À Tibhirine, leurs collègues trappistes ont été coupés en rondelles. Le moine est une cible facile, dénuée de mitraillette, sans peur et sans défense. Le film de Xavier Beauvois sur leur martyre culminait avec la séquence du *Lac des cygnes* : le spectateur pleurait les innocents crucifiés en écoutant Tchaïkovski. Je n'ose aborder la question avec les frères, de peur de les rendre aussi pleutres que moi.

Je descends aux vêpres en pantalon et polo Lacoste blanc, par solidarité avec le look virginal des brothers. À ma connaissance, le dress code blanc est le seul et unique point commun entre Sainte-Marie de Lagrasse et le Nikki Beach de Saint-Tropez. Le chantre qui joue de l'orgue ressemble au Christ voilé de San Martino, à Naples. Il a les yeux verts et interprète Bach comme Jimi Hendrix brûlait sa guitare électrique. J'essaie de me concentrer sur mon hétérosexualité. Je me demande si la masturbation est un péché mortel.

La nuit, j'entends les grenouilles coasser dans le canal sous ma fenêtre. La lune éclaire quelques geckos attirés par une lampe orangée. La vie animale grouille autour du cloître. Les cigales frottent leurs élytres. Le boucan est infernal et incessant, comme si la nature voulait signaler son importance à ces humains aux regards tournés vers le ciel cathare.

Je m'endors en lisant ces mots : « Que l'éternelle gloire nous conduise au banquet de la vie éternelle. Amen. » C'est un banquet frugal, sans seins, ni fesses, ni bouches ourlées, ni chevelures soyeuses. Je ne sais pas si je vais tenir longtemps sans ma sauveuse.

Le prieur du réfectoire chantonne un texte de Bernanos avec une tonalité monocorde. Je devrais peut-être lire le prompteur *recto tono* lors de mon prochain « DJ set littéraire ». Cela donnerait quelque chose comme : « Je m'appelle Octaaave. Je suis publicitaiiiire. Eh oui : je polluuuue l'univeeeers. » Le public serait explosé de rire. Cette uniformisation vocale présente sans nul doute un intérêt, mais lequel ? Chaque lecture semble identique à la précédente. Pas de « jeu », ni d'interprétation « personnelle », ni de séduction spectaculaire. Le ton psalmodié est un contrepoison à la tentation de l'Actors Studio. Imagine-t-on un prieur effectuant un numéro de stand-up au bout de la cantine ? Quelle vulgarité. Une abbaye n'est pas une salle de cabaret.

Une abbaye est un « Loft Story » dont les colocataires ne sont filmés vingt-quatre heures sur vingt-quatre que par la webcam de Dieu. Matines à cinq heures cinquante-cinq, laudes à huit heures, tierce à neuf heures vingt, sexte à midi quarante-cinq, none à quinze heures trente, vêpres à dix-huit heures trente, complies à vingt heures quarante-cinq : quel artiste serait capable de donner sept shows par jour ? Je tourne en rond dans le cloître, avec l'impression d'aller enfin quelque part, jusqu'au moment où je me décide à remonter dans ma cellule… et je m'aperçois alors que j'ai oublié le code de la porte d'entrée. J'ignore si les voies du Seigneur sont impénétrables mais celles de mon lit sont digitalement closes. Je suis forcé de déranger Dominique sur son talkie-walkie. Ce qui confirme que les retraités sont toujours des emmerdeurs.

Quand l'abbé Emmanuel-Marie écrit dans une brochure : « Notre monde vit un bien douloureux réveil, après des années d'ivresse hébétée », j'ai l'impression d'être percé à jour. Je n'ose leur mentionner mon expérience des punitions physiques à sept ans. J'en ai toujours honte et si je l'évoque ici, c'est parce que écrire est moins difficile que parler.

Moi qui passe mes journées à grignoter, je commence à ressentir la faim. Les repas n'en sont que meilleurs. Le vin dégueulasse semble un nectar. Les coquillettes aux champignons, du caviar. Une pêche est un trésor, une banane un don du ciel. Le truc pour rendre grâce à Dieu s'appelle la famine. Cela me rappelle un proverbe russe : « La faim est bonne cuisinière. » J'ai subtilisé deux oranges au petit déjeuner pour les déguster au goûter comme des Haribo cueillis sur l'arbre. J'espère qu'en confessant ici ce larcin, il sera pardonné au moment du Jugement dernier. Le désir frustré me mènera-t-il au ciel ?

Me voici donc en stage de trois jours chez trente-sept mecs qui prient depuis mille deux cents ans le même Dieu, dans le même endroit, en chantant les mêmes versets. Peut-être que cela ne sert à rien, mais comme le reste non plus, autant accomplir un truc beau. On peut croire par fatalisme ou désœuvrement.

Aujourd'hui, les frangins ont chanté ceci (en latin) :

« Les idoles des nations sont de l'argent et de l'or.
Elles ont une bouche, et ne parlent point ;
Elles ont des yeux, et ne voient point.
Elles ont des oreilles, et n'entendent pas ;
Elles ont des narines, et ne sentent pas.
Elles ont des mains, et ne touchent pas ;
Elles ont des pieds, et ne marchent pas :
Avec leur gorge, elles ne peuvent crier. »

J'ai admiré cette critique du virtuel, de la domination des images, de la déréalisation publicitaire et des écrans numériques. Baudrillard chantait du grégorien sans le savoir ; ces versets décrivent précisément l'aliénation d'internet avec deux millénaires d'avance. Dans l'église du XIIIe siècle, j'ai compris qu'il n'y avait rien à comprendre. Il suffisait de recevoir la lumière jaune qui jaillissait du vitrail sous les ogives. Ma fatigue me rendait vulnérable, mon désespoir montait au ciel. Toute descente précède une ascension.

Mon office favori est complies, la prière du soir. Même religieusement, je reste un noctambule. Aux complies, l'obscurité envoûtante illuminée de cierges, les ombres vacillantes aux murs, l'encens inspiré emportent le fidèle dans la magie et le conduisent vers un sommeil féerique et nuageux. J'aime aussi les matines aux aurores renaissantes, quand le soleil filtre par les vitraux. Une grande croix rose fluo s'illumine au-dessus des chasubles blanches comme au concert de Justice à l'Olympia.

Les prières assis, debout, agenouillé, le dos penché, constituent des exercices physiques. Une sorte de gymnastique divine : on squatte, on remonte, on fait travailler tous ses muscles, dorsaux, cuisses, sept fois par jour aux différents offices. En cas d'athéisme, sachez que vous ne perdez pas votre temps : à Lagrasse, on entretient son corps autant que son esprit.

Le room service est méticuleux dans cette abbaye. J'ai l'impression que les chanoines se relaient pour tenter de deviner tout ce qui me manque et passent leur temps à m'aider. L'un m'apporte un tube de dentifrice, l'autre le missel pour suivre les chants grégoriens, un troisième vient frapper à ma porte quand le déjeuner est servi. Même au Ritz, le personnel est moins prévenant, car il espère un pourboire alors que les frères désintéressés n'attendent que la canonisation.

Je déambule dans du Beau au service de mon âme. Un monastère est une utopie autant artistique que spirituelle : la cité de Dieu est un phalanstère non laïc. L'abbaye Sainte-Marie de Lagrasse dépend du diocèse de Gap, dont l'évêque fut autrefois Jean-Michel Di Falco, le directeur de mon école, Bossuet. J'ai écrit avec lui un dialogue : *Je crois, moi non plus*, publié en 2004, l'année où les chanoines ont emménagé ici. Puisque ce mystère me dépasse, feignons de croire que ceci n'est qu'une coïncidence.

Les chanoines alternent la contemplation et l'apostolat. Ils ont aussi un but non immatériel : réparer les lieux. Ils s'improvisent couvreurs, plombiers, électriciens, maçons. Entre les prosternations, ils s'agenouillent pour poser un carrelage, un évier, une prise. Les parties du corps les plus sollicitées à Lagrasse sont les deux genoux ; les chanoines devraient s'équiper de protections antichocs, comme les rugbymen et les roller girls.

Être un homme enfin débarrassé du désir qui le tenaille. Ne plus être rongé par les jambes des filles.

Une telle paix est-elle possible avant d'avoir quatre-vingt-dix ans ?

Ici, le pape Léon III fut visité par le Christ entouré d'anges. Les parois de l'abbaye ruisselaient d'eau lustrale. Je guette sur les murs la moindre trace d'humidité. Comme avant ma confirmation, je recherche un signe. Une tache sur la pierre serait comme un SMS de Dieu. Pourquoi ne me guides-tu point, Seigneur ? Sans toi, je me sens comme un canard décapité dans la basse-cour de la life. J'aurais peut-être dû couper cette phrase mais elle m'amuse beaucoup. Les moines qui psalmodient me rappellent la vogue du groupe Enigma dans les années 1990. Ces chœurs polyphoniques de « Bible chantée » ont été imaginés par le pape Grégoire le Grand (mort en 604, comme la Peugeot beige de mon père). Une fois encore, un frère m'apporte gentiment le missel latin pour suivre les paroles des cantiques, mais je me perds dans les pages et je préfère regarder ces hommes psalmodier plutôt que de suivre leurs *Kyrie eleison* avec mes doigts tordus par l'arthrose. Samedi dernier, je haranguais la foule du Bataclan, foulant aux pieds le parquet sacré aux quatre-vingt-dix tués, et maintenant je prends ma tête dans mes mains en entendant « Dieu seul suffit » (paroles de sainte Thérèse d'Avila). Et voilà, ça y est, c'est l'embarras ultime : l'eau coule sur mes pommettes. J'ai fondu en larmes sans m'en apercevoir. Je remercie le chantre aux yeux émeraude et son boys band miraculeux : ces disc-jockeys connectés directement avec le paradis m'auront fait ruisseler comme un miracle.

Je ne veux plus partir ! Il va falloir me virer à coups de sandale-chaussette au cul pour que je retourne dans le monde pollué, acheter des objets vains dans des galeries marchandes, où déambuleront des instagrameuses à prothèses mammaires. Je veux vivre au ralenti comme eux, dans la douceur.

Il me faut tout de même raconter comment j'ai fugué hier soir. Je suis sorti du cloître pour me rendre au 1900, un restaurant du village, afin de regarder à la télévision le match France-Allemagne de la coupe d'Europe de football. Victoire des Bleus 1 à 0 avec deux buts refusés pour hors-jeu et un penalty non sifflé (donc le score véritable aurait pu être 4 à 0 si Dieu avait été français). Alors que je commandais mon troisième spritz, le restaurateur me présenta une cliente qui n'aimait pas les « chanoines intégristes ». Elle leur reprochait d'avoir arrosé d'huile de vidange des livres lors d'un colloque sur *La Nuit sexuelle* de Pascal Quignard, en 2007. Cet incident semble avoir tendu les relations entre la congrégation religieuse et la librairie attaquée, Le Banquet, qui est installée dans une aile de l'abbaye, entièrement laïque. On se croirait dans *Don Camillo*, avec le curé qui se querelle en permanence avec Peppone, le maire communiste. Les chanoines à qui j'ai posé la question sont outragés qu'on puisse les imaginer coupables d'un geste aussi violemment stupide, mais il est possible que des grenouilles de bénitier, des boy-scouts fanatisés ou autres ouailles puritaines aient voulu faire du zèle. La librairie Le Banquet a été victime d'un vandalisme crétin, tout comme je l'ai été en 2018. Ce genre de malentendu villageois peut durer des siècles. En tant qu'ancien soutien de Robert Hue, je voudrais proposer mes services comme plénipotentiaire, médiateur, casque bleu du pays cathare. Je voudrais réconcilier la littérature libertaire et l'adoration du Christ ressuscité. Après tout, n'oublions pas la chanson de Johnny Hallyday et Philippe Labro, « Jésus-Christ », dont les paroles pourraient constituer une piste de rassemblement.

« Poncho mexicain sur le dos
Autour de son front, un bandeau
Il est barbu et chevelu
Il s'est battu à Chicago
Il aime les filles aux seins nus

Il est né à San Francisco
Jésus, Jésus-Christ
Jésus-Christ est un hippie. »

J'en parle à quelques frères qui hochent la tête en souriant, tout en demandant intérieurement au Seigneur de me dissoudre ou de m'absoudre (je confonds les deux). L'un me suggère de lire le Livre des Juges dans la Bible : « C'est plus porno et gore que *Game of Thrones.* » Je me précipite sur mon exemplaire de la Bible de Jérusalem : effectivement, il y a des bastons à coups de mâchoire d'âne, un enlèvement de femmes, des prostituées qui couchent avec Samson, un type aux pouces coupés, un obèse poignardé dans le ventre jusqu'à ce que ses excréments sortent par la plaie… Le sexe et le trash sont bien présents dans la Bible, alors, s'il vous plaît, les ouailles, ne censurez pas les livres pornographiques. Surtout ceux de Quignard, qui sont à l'érotisme ce que les films de Catherine Breillat sont à PornHub : un antidote. Dans la bibliothèque de l'abbaye, feuilletant les ouvrages d'art, je tombe sur *La Pudeur*, d'Antonio Corradini, la statue la plus sexy jamais sculptée. Cette vierge aux seins de pierre de la chapelle napolitaine de Sansevero pourrait réveiller les ardeurs d'un mort. Je ne sais pas pourquoi je suis excité par des seins moulés dans un tissu, surtout quand ils restent de marbre.

L'érotisme est parfaitement compatible avec la religion ; la chasteté est une nuit sexuelle dont l'aube miraculeuse a lieu chaque matin, quand la pollution nyctalope apporte l'orgasme de Dieu. J'espère que ce message de paix et de tolérance, certes un peu tordu, se diffusera aux générations futures de bigots du département de l'Aude. Et je prie les libraires engagés de pardonner les péchés de saintes nitouches incontrôlables. Même si le désert de Corbières et ses vieux cailloux sacrés lui ressemblent, Lagrasse ne doit pas devenir un nouvel Israël. Chantons tous en chœur « Heaven », mon cantique préféré des Talking Heads :

« Heaven is a place
A place where nothing
Nothing ever happens. »

Ne rien faire d'autre que vivre, penser, rêver et marcher. Merde alors, je suis en train de me bruckbergiser. Tous les jours, le chanoine prieur du réfectoire a lu sentencieusement le révérend père Bruckberger, dont les analyses de Bernanos sont aussi académiques que lui. Je me suis souvenu d'Emmanuel Carrère dansant pieds nus sur « The End » des Doors dans mon salon au 42, rue Mazarine, dans les années 1990, quand il sortait avec Sophie, la marraine de ma fille. Il écrivait alors *Le Royaume*, en cachette. Il est temps que je quitte ces chanoines avant de me mettre à gambader nu-pieds tel un faune sur la pelouse en fredonnant « Hosanna ».

L'antienne sans cesse répétée comme un mantra « *in secula seculorum, amen* », signifiant « pour les siècles des siècles, ainsi soit-il », m'entraîne dans un calcul mathématique. Un seul « siècle de siècles » serait l'équivalent de 100 × 100, soit 10 000 années. L'objectif est loin d'être atteint par la religion chrétienne : pour l'instant, seul un cinquième de cette distance temporelle a été parcouru par le message du Christ. Les chanoines doivent encore prier sept fois par jour pendant huit mille ans au minimum pour tenir cette promesse d'un « *secula seculorum* », soit 7 × 365 × 8 000 = 20 millions d'offices, de psaumes, de génuflexions, se pencher, se lever, s'asseoir et chanter, se signer, replier le linge sacré qui protège l'autel, et s'en aller à reculons, lentement, sans bruit, jusqu'en l'an 10 000. Et l'on trouve que les moines sont des ermites sans ambition ?

Les agités du dehors, avec leurs agendas surchargés, raisonnent en vies de quatre-vingt-dix ans, ces pauvres hères, prions pour ces créatures si éphémères ayant perdu leur latin. Ô Christ, prends pitié des Français qui errent sans but à l'extérieur de cette enceinte sainte.

Qu'ils finissent par retrouver la voie de la sagesse au lieu de scroller des pouffiasses.

Quand Anne Berest, Lola Lafon ou Karine Tuil déclarent : « Toute ma vie, j'ai cru que je m'en fichais d'être juive, mais en vieillissant, je m'aperçois que je me sens juive au fond et blablabla », tout le monde salue leur sincérité touchante.

Et quand moi je déclare : « Toute ma vie, je croyais que je m'en fichais de mon catholicisme, mais en vieillissant, je me prosterne devant Jésus dans une chapelle gothique et blablabla », je me fais traiter de sale réac, d'apôtre de l'intégrisme et de symbole de la bourgeoisie blanche conservatrice lectrice du *Fig Mag*, à jupe plissée, serre-tête en velours et carré Hermès.

La cathophobie est un racisme parfaitement autorisé, voire encouragé en France.

Au matin du quatrième jour, je suis reparti dans la société encombrée, pour retrouver l'amour et combattre les monstres.

À présent que je suis de nouveau noyé dans le tumulte, au fond de mon maelstrom contemporain, de nouveau étourdi et cerné, je me souviens que, quelque part en Languedoc, des hommes en robe blanche continuent chaque jour de chanter sous une nef gothique les mêmes hymnes immatériels, pour les siècles des siècles.

Penser à ces hommes agenouillés m'aide à tenir debout.

4.

Un chaos structuré

Après mon sevrage de la drogue et ma cure chez les chanoines, l'alcool continuait de me rendre fou, en particulier au festival de Cannes. J'ai donc demandé à être enrégimenté dans une caserne militaire. Je voyais l'armée comme la dernière étape avant les urgences psychiatriques. Ma désintoxication, suivie d'un stage monastique, devait être complétée par un entraînement belliqueux. Ainsi espérais-je redevenir un homme. Je me berçais d'illusions mais surtout de stéréotypes genrés. Devenir un boomer woke est un combat de tous les instants.

«Monsieur Beigbeder,

Nous montons la mission pour vous récupérer sur Cannes dans la nuit de dimanche à lundi. Votre chambre est prête. Le régiment vous souhaite un excellent festival. Essayez de garder un peu d'influx nerveux pour lundi matin, mais nous ferons en sorte de vous accueillir comme il se doit. N'hésitez pas à utiliser ce numéro pour caler votre récupération. J'ai désigné le président des lieutenants pour l'exécution de la mission.

Bien cordialement,

Lieutenant-colonel Poplineau,
21e régiment d'infanterie de marine,
remplaçant le chef de corps en opération au Mali »

« Bonjour, monsieur Beigbeder,

Je suis chargé de la délicate mission consistant à vous kidnapper au festival de Cannes pour vous transporter au 21e Rima dans la nuit de dimanche à lundi. La revue des couleurs régimentaires ayant lieu à huit heures sur notre place d'armes, et mon GPS indiquant un trajet de quarante minutes de Cannes à Fréjus, je propose de venir vous chercher à la sortie du Silencio à six heures vingt du matin. Ainsi aurons-nous une marge d'une heure.

Bien à vous,

Lieutenant Anouny, 21e Rima »

« Mon lieutenant,

Je vous attendrai à six heures vingt en bas du tapis rouge, devant le palais des Festivals, surnommé ici très à propos le Bunker car il est le lieu de tous les dangers. Je serai en smoking mais je suppose que je pourrai enfiler un treillis dans votre SUV de fonction. Avec tous mes encouragements pour la réalisation de cette opération. Nul doute qu'il s'agisse là d'une des plus périlleuses missions de récupération de personnel en milieu hostile que votre régiment ait jamais eu à affronter dans sa glorieuse histoire.

Avec toute ma gratitude,

Frédéric Beigbeder »

Quand je suis sorti du Silencio, le soleil était déjà haut dans le ciel. Le lieutenant était à l'heure en bas des marches rouges. J'ai tenté d'effectuer un salut militaire mais je tanguais : ma main a giflé ma joue.

– Auriez-vous un Doliprane, mon lieutenant ?

– Affirmatif.

Il avait pensé à tout. Le lieutenant Anouny est un ancien élève de Sciences-Po Paris qui a choisi de s'engager dans l'armée après un stage à Saint-Cyr. Cultivé, tolérant, il sera mon guide patient durant les trois prochains jours.

– Le 21e régiment d'infanterie de marine compte mille deux cents hommes, dont 5 % de femmes.

– C'est à peu près la même proportion qu'au Silencio de Cannes en fin de nuit.

– Ce matin, le général Auzanne vient visiter le régiment et tout le monde a le doigt sur la couture du pantalon.

L'angoisse cannoise se dissipe progressivement. L'absence de sommeil est compensée par la discipline. Le malheur de Cannes est qu'on y improvise trop ; l'armée offre un cadre moins brouillon.

– Le 21e Rima est la maison mère des troupes de marine, m'explique le président du club des lieutenants.

– Je n'en attendais pas moins de vous, marmonné-je. Je vous remercie pour votre ponctualité, et vous prie d'excuser mon haleine ainsi que ma fatigue.

Je porte des lunettes noires pour cacher mes cernes. Le saint-cyrien me rassure :

– Le manque de sommeil est notre état normal mais le blocage n'est que mental. Passé la barrière psychologique, on assure nos missions. Par exemple, quand on est en opération au Mali, les officiers ont peu de temps entre la conception et l'exécution. On peut enchaîner plusieurs jours dans le désert sans dormir. L'envie de se reposer doit être reportée. On a un dicton pendant le combat : « Cinq minutes on mange, deux minutes on dort. » Quand un soldat monte la garde, il a une dette de sommeil qu'il ne remboursera jamais.

Me voilà ragaillardi en quelques mots. Si la fatigue est le lot quotidien du militaire, alors je me trouve dans mon environnement naturel. Je serai au bord de l'évanouissement durant toute la prise d'armes du général mais avec le sourire aux lèvres. Je n'ai jamais voulu être original ; il est faux de croire que j'aime me faire remarquer : au contraire, je veux me fondre dans des confréries. Je dois reconnaître que le contraste entre le festival de Cannes et la caserne de Fréjus est saisissant. À Cannes règnent le narcissisme et l'hypocrisie, la compétition entre les ego, l'humiliation de tous par quelques-uns. À Fréjus, la solidarité est absolue : chaque marsouin est prêt à mourir pour ses camarades, et ils font cinquante pompes au soleil, ensemble, sans râler, juste pour épater un général de passage. Moi qui, il y a quelques heures, songeais à me défenestrer de la terrasse du Club by Albane parce qu'on n'y servait plus de champagne gratuit, je me sens allégé d'un poids. Jamais déchet crevé ne fut plus chaleureusement accueilli nulle part au monde que votre serviteur au 21e Rima. Quand on vient d'une Croisette où la frustration est organisée sciemment pour snober la plèbe, monter les deux étages qui mènent au bureau du chef de corps est une gymnastique qui rend au clochard mondain sa dignité. J'ai vite compris que je venais de quitter l'enfer des robes à paillettes pour le paradis des uniformes repassés.

La veille au soir, je venais d'assister à la première projection mondiale de *Novembre*, de Cédric Jimenez, où Jean Dujardin traque les terroristes du Bataclan. On y suit la police parisienne, ses drones, ses caméras infrarouges, ses robots et même un chien assassiné. En sortant de la salle, j'étais prêt à m'engager dans le Raid, le GIGN ou les forces spéciales. Or j'allais subir une formation bien plus énergique : un stage dans les troupes de marine, dont le métier consiste à se projeter dans les outre-mer pour résoudre des problèmes insolubles. L'armée complète la police : elle tente d'empêcher les attentats en amont alors que la police capture les terroristes (ou ce qu'il en reste) après les massacres. L'armée surveille les effets papillons : des types lapident des femmes dans le désert, et quelques mois plus tard, c'est une boucherie à Paris. Les marsouins jouent à *Minority Report* dans le sable. Ils doivent neutraliser les criminels avant qu'ils ne commettent leurs crimes. Tom Cruise, qui vient de monter les marches, appelle ça une «mission impossible»; au 21e Rima, ils s'y collent sans effets spéciaux.

J'ai droit à quinze minutes de sieste avant la revue. Je dors sur une banquette, tout habillé, profondément. Le lieutenant me réveille, j'asperge mon visage d'eau froide et me voilà prêt pour la cérémonie en plein cagnard. Parmi les soldats, je suis le seul qui porte les cheveux longs et la barbe grise au lever des couleurs. Personne ne m'en fait la remarque mais ma chemise est froissée, sortie de mon pantalon. J'ai tout de même gardé ma veste et noué une cravate noire à la place du nœud papillon, par respect pour la tenue d'ordonnance de la marine. Figurez-vous cette image : environ un millier de militaires défilant au pas en uniforme avec, au milieu, un noctambule qui tient à peine debout, puant la vodka à l'ail (avant la projo de *Novembre*, j'ai dîné chez Fred l'Écailler, dont l'aïoli est légendaire). Pas frais, le seconde classe Beigbeder, imitant la tour de Pise, entre une mosquée soudanaise et une pagode annamite, sur la place pluriculturelle inaugurée par Gallieni en 1915.

Après la revue, nous buvons un café avec le ComBrig (le général commandant de brigade) et le lieutenant-colonel Poplineau. J'ai l'impression d'être pistonné, comme à l'époque où je glandais au Sirpa (Service d'information et de relations publiques des armées) dans le bureau du général Pinatel. J'engage directement la conversation sur le récent terrain des opérations : la guerre en Ukraine.

– Pensez-vous que nous approchons de la troisième guerre mondiale ?

Ce matin, des bateaux russes ont encore coulé en mer d'Azov. Il faut dire que mon stage chez les marsouins tombe pile : pour tout citoyen de sexe masculin, il est temps de s'entraîner. En cas d'extension du conflit ukrainien, je serai bientôt conscrit.

– Tous les Ukrainiens entre dix-huit et soixante ans sont mobilisés. En cas de guerre mondiale contre la Russie, serai-je appelé sous les drapeaux ? Mon général, je précise qu'en cas d'affrontement physique, mon espérance de vie est de sept secondes.

Le général se gausse de mes facéties mais répond sérieusement :

– Sept secondes ? Vous êtes optimiste. On se prépare à une guerre de haute intensité. On bascule de la guerre asymétrique, contre la guérilla, à des conflits plus classiques ; c'est un retour aux fondamentaux.

Je me hasarde :

– Sauf votre respect, en quoi ça consiste exactement, la haute intensité ?

Le colonel me sourit avec apitoiement :

– L'Ukraine est une guerre traditionnelle mais version 2022 : électronique, avec drones et repérage par les portables. Un bataillon de miliciens russes a été vitrifié parce que les soldats draguaient sur Tinder. Nous nous entraînons à maîtriser des outils de haute technicité. L'aviation, la marine et les troupes françaises communiquent par écrans cryptés. Le Donbass en est loin.

Les Russes n'ont jamais fait dans la dentelle. Je conclus calmement :

– Bref, la haute intensité, c'est la guerre à l'ancienne… L'usine à viande, quoi.

En silence, les officiers me resservent un verre de vin.

Ma vie est folle : il y a quelques heures, je devisais allègrement sur la terrasse d'Albane avec Sergei Loznitsa, le grand cinéaste ukrainien, en compétition à Cannes. Il vient de réaliser un documentaire intitulé *L'Histoire naturelle de la destruction*, montrant uniquement des archives de bombardements de villes allemandes pendant la Seconde Guerre mondiale. Une succession d'immeubles effondrés et de ruines fumantes sans le moindre commentaire. J'ai plaisanté avec Sergei sur l'aspect ridicule qu'il y a à présenter en smoking des images de guerre après avoir monté les marches sur un tapis rouge. Il m'a répondu qu'il s'y était habitué.

– La première fois, ça fait bizarre, mais ensuite on s'y fait. Seul le film compte. Il fallait montrer à ces invités en robe du soir que rien n'a changé en quatre-vingts ans : on bombarde systématiquement les villes, donc les civils. Les Alliés en Allemagne et au Japon faisaient la même chose que Poutine en ce moment.

Cut, et me voici à présent, une tasse de café à la main, discutant avec un officier du retour de la guerre de haute intensité en Europe… « comme en 40 », la technologie en plus. Le point commun entre 1942 et 2022, ce sont les monceaux de cadavres de femmes et d'enfants. Et d'hommes aussi : plusieurs centaines par jour. Pourquoi trouve-t-on normal que les hommes meurent ? Cela ne me semble pas très féministe.

Comme à l'abbaye de Lagrasse, j'ai voulu rechercher le contraste maximal pour mieux profiter de cette expérience. J'étais allé m'enfermer chez les chanoines après un spectacle seul en scène au Bataclan. Je me trouve aujourd'hui volontairement séquestré chez les militaires après une semaine au festival de Cannes, où l'on a projeté un film sur l'attentat du Bataclan. Pourquoi suis-je si joyeux d'être enfermé, comme soulagé d'un poids ? Il doit y avoir une explication rationnelle. L'armée et le monastère seraient-ils des antidépresseurs ? Mon libertarisme a besoin d'être compensé par une ascèse. Je cherche désespérément une structure après le bordel. Je veux me sentir abrité au lendemain de fêtes solitaires. L'organisation hiérarchique, les garde-à-vous, les levers du drapeau, la marche au pas, les chants de la soldatesque : c'était ringard quand j'étais lycéen. Pourquoi ce rituel me guérit-il de la misère du milieu artistique ? La mise en scène militaire me réchauffe, alors que la guerre des snobs me déprime. Ici, comme chez les moines, une structure éternelle aide l'homme à se surpasser. L'armée est une autre forme de religion. C'est la France qui remplace Dieu (d'où le cri de ralliement attribué au père de Foucauld : « Et au nom de Dieu, vive la coloniale ! »). Maintenant que le service militaire n'est plus obligatoire, cette organisation me réchauffe.

Me reviennent des souvenirs de mon service national, effectué au 120e RT de Fontainebleau, en 1983 : les ronflements du dortoir, la corvée de ramassage de mégots, une marche en forêt de dix-huit kilomètres, les rangers à cirer, le placard où les vêtements devaient être pliés au carré, et mon lit que l'adjudant retournait par terre s'il n'était pas impeccable. *Verdun*, de Yann Moix, décrit bien la nostalgie des appelés. Nous savions que nous étions les derniers à subir ce dressage. Nous ignorions que nous regretterions un jour une telle camaraderie. Toute ma vie, je vous le jure sur la tête de mes trois enfants, chaque fois que j'ai eu un effort physique à accomplir, j'ai pensé à mon service militaire et il m'a donné de la force.

Je suis un pacifiste qui retourne sa veste de treillis parce que je sais que ces marsouins s'entraînent tous les jours pour préserver la paix de l'Occident. J'aimerais citer une réplique du film de Ruben Östlund qui a remporté la Palme d'or du Festival 2022 : *Triangle of Sadness*. C'est une réponse adressée par un milliardaire sur un yacht à un jeune mannequin qui lui demande quel est son métier : « Autrefois on disait "marchand d'armes", aujourd'hui on dit : "Je fournis les moyens de protéger notre démocratie." » Cette réplique, la plus cynique de l'année, est cependant d'une violence terrifiante. D'ailleurs, Charlbi Dean, la belle brune à qui elle est adressée, est morte dans les mois qui ont suivi, à trente-deux ans.

De jeunes bleubites qui viennent d'arriver au régiment partent pour courir six kilomètres. Je rêve d'un canapé-lit mais je n'en dis rien. Le lieutenant me fait visiter les lieux. Il y a beaucoup de Tahitiens, de Néo-Calédoniens, d'Antillais et de Réunionnais : 20 % du régiment sont issus des Dom-Tom. La présence des ultramarins résulte d'une longue histoire qui date du Second Empire ; le 21e Rima s'appelait le régiment d'infanterie coloniale jusqu'en 1958. Actuellement il est en projection au Mali, mais l'opération Barkhane vient de s'achever. Il faudra un jour qu'on m'explique la différence entre les Dom-Tom et les colonies. Pourquoi l'Algérie française, c'est mal, et la Calédonie française, c'est bien ?

Je visite le musée des Troupes de marine.

– Le 15 juin 1940, le régiment entier fut anéanti, dit le lieutenant-colonel Poplineau.

En une phrase, par quelques mots simples, je comprends que la drôle de guerre ne fut pas une partie de rigolade.

– Sans se faire beaucoup de vent sous la queue, il faut savoir que ce régiment prestigieux s'est souvent illustré par sa bravoure : douze batailles, douze palmes, trois fourragères. Récemment, il était au Kosovo, en Centrafrique, en Afghanistan, au Mali, en Guyane. On intervient en premier, on a les derniers équipements, les derniers matériels, le centre d'entraînement le plus perfectionné. On a un beau terrain de jeu et des marsouins plus contents qu'à Mourmelon.

Sur le mur, je vois une affiche ancienne : « Métier d'aventure ». Autour de moi, personne ne semble en douter.

– Nous, on fait les trois cents derniers mètres, avec quinze kilos d'équipement dans la musette, le gilet pare-balles à vingt-cinq kilos, plus le casque et le flingue. Moi, je fais cent dix kilos avant le matériel, cent cinquante après. Je suis trop chargé pour être parachuté.

Au festival de Cannes, Tom Cruise a présenté le dernier *Top Gun* mais le vrai Tom Cruise est debout devant moi. Mon colonel est une armoire à glace qui descend un petit whisky après le déjeuner comme si c'était de l'eau. Évidemment, je l'accompagne, solidarité oblige devant l'adversité. Il me présente le sergent Lacoste, surnommé Polo, et si cette blague ne vous fait pas rire, on ne peut plus rien pour vous. J'apprends aussi qu'à la mort d'un camarade, le code est « Delta Charlie Delta », dont les initiales sont DCD. Moi qui me sentais Delta Charlie Delta, le petit digestif m'a requinqué. Je comprends l'utilité du verre d'alcool en période de conflit armé : rallumer la chaudière pour oublier la fatigue. Au Pays basque, on appelle cela « remettre le facteur sur le vélo ». Me voici paré au combat. Je ne sais pas si j'ai le droit de raconter la suite. La visite du Griffon, qui va remplacer le VAB (véhicule de l'avant blindé) car il résiste aux mines. Le Griffon est un bijou high-tech qui ferait sensation sur la Croisette, à côté duquel un Hummer ressemble à une 4L pourrie. J'ai ensuite eu la chance d'assister à une séance de tir en déplacement au HK416, calibre 5,56 mm, avec une aide à la visée de type *aim point* (le point rouge de rayon laser, qu'il faut placer sur sa cible avant d'appuyer sur la gâchette).

La sensation de puissance que procure ce fusil de guerre explique pourquoi il ne faut surtout pas laisser des adolescents perturbés s'en acheter dans les supérettes. Rien que de le tenir entre mes mains m'a donné le sentiment de découvrir enfin, à mon âge avancé, la superpuissance. Tu poses le point rouge sur un objectif et quand tu appuies, il n'y a plus d'objectif. Le point rouge est synonyme de pulvérisation instantanée. Si tu vois, un jour, un point rouge sur ton corps, il faut vite plonger par terre, derrière un rocher, une porte métallique ou une voiture blindée. Le petit point rouge sur le mur qui se rapproche, c'est la mort qui te dit bonjour. Mais le plus probable est que, comme disent les snipers américains, «*from a place you will not see, comes a noise you will not hear*». J'ai ensuite tripoté un 9 mm nommé Glock 17. Très distrayant mais nettement plus instable. Avec le recul, le pistolet part dans tous les sens. Heureusement qu'on ne laisse pas des irresponsables dans mon genre se promener dans la rue avec des armes pareilles. La France est un pays sécurisé, quoi qu'on en dise, par rapport au Texas.

Je lis *Une sortie honorable*, d'Éric Vuillard, récit épouvantable de la guerre d'Indochine, raconté avec la cruauté du présent sur les méfaits du passé. L'idée de

Vuillard est simple : les guerres n'opposent pas des pays mais des entreprises. Cette idée, il l'a initiée dans son prix Goncourt, *L'Ordre du jour* (2017), où il démontrait qu'Adolf Hitler n'aurait rien pu faire sans l'appui des grandes compagnies allemandes : Krupp, Opel, Siemens... *Une sortie honorable* explique la même chose sur la France. Les mines d'étain de Cao Bang, les charbonnages du Tonkin, les pneus Michelin fabriqués avec le latex d'Annam sont les véritables bénéficiaires de la colonisation. Il m'a semblé important de lire ce livre ici, dans la caserne principale de l'armée coloniale française. Personne ne m'a enseigné l'histoire de notre empire à l'école, ni au collège, ni au lycée. Par exemple, j'ignorais totalement que les Japonais ont décapité au sabre une cinquantaine d'officiers français conviés à un dîner à Hanoï en mars 1945. Un petit Pearl Harbor qui s'est achevé à coups de pioche et de gourdin. Et pour les survivants, dans des cages à tigres. Pourquoi a-t-il fallu que le groupe de pop synthétique Indochine soit le premier, en 1983, à me parler de la bataille de Cao Bang, datant de 1950 ? Le silence français sur la colonisation est une absurdité. Mieux vaudrait ouvrir tous les dossiers et assumer ce passé, une fois pour toutes, mais la France a peur de susciter des révoltes dans ses territoires métropolitains.

L'aventure de la colonisation est aujourd'hui considérée par le président de la République comme un « crime contre l'humanité » (dans une interview à la télévision algérienne datant du 15 février 2017). Au XVIIIe siècle, c'était surtout une bonne affaire financière : la France exportait ses produits manufacturés en échange des richesses naturelles antillaises, canadiennes ou de La Nouvelle-Orléans… L'Algérie en 1830 est une conquête militaire qui coûte plus d'argent qu'elle n'en rapporte. C'est aussi, comme le dit Mathieu Belezi, une « histoire folle, démesurée, ignoble ». C'est seulement fin XIXe que la colonisation commence à devenir une utopie socialiste et nationaliste. L'idée est qu'on va éduquer les autochtones, par la force, mais pour leur bien. La colonisation est autant un fantasme de gauche (l'ancêtre du devoir d'ingérence cher aux « *french doctors* ») que de droite (l'expansion de la patrie). Entre 1880 et 1895, les colonies françaises multiplient leur surface par neuf. Sous Jules Ferry, la France gagne cinquante millions d'habitants ! Je savais que Jules Ferry avait rendu l'école obligatoire et gratuite en France, mais dans son école laïque et démocratique, on ne m'a pas appris que Jules Ferry avait conquis la Tunisie, Madagascar, le nord du Congo, le Tonkin, l'Annam ou la Cochinchine, au prétexte que « les races supérieures ont le devoir de civiliser les races inférieures ». Ce délire a conduit au désastre.

De tout cela, il ne subsiste que des souvenirs héroïques, des horreurs, des tortures, des massacres, des guerres oubliées, mais aussi une nostalgie étrange, un désir de lointain, une littérature française des confins, qui va de Duras à Coatalem, en passant par *Le Jardin des supplices* de Mirbeau et les délires éthyliques de Blondin, réécrits par Audiard dans *Un singe en hiver*. Le rêve colonial peut être résumé en un dialogue qui, à lui seul, mériterait une Palme d'or à Cannes.

« *– Matelot Esnault Lucien, veuillez armer la jonque, on appareille dans cinq minutes.*
– C'est parti.
– Albert, je vous en prie, vous n'allez pas encore tout me saloper comme la dernière fois.
– Madame, le droit de navigation sur le Yang-Tsé-Kiang nous est formellement reconnu par la convention du 3 août 1885. Contesteriez-vous ce fait ?
– Je ne conteste rien. Je vous demande simplement de ne pas tout me casser comme l'autre jour.
– Oh... mais pardon ! L'autre jour, les hommes de Chung Yang Tsen ont voulu jouer aux cons. Heureusement que j'ai brisé la révolte dans l'œuf, sans barbarie inutile, il est vrai. On n'a coupé que les mauvaises têtes ; le matelot Esnault peut témoigner.
– Sur l'honneur.

– Bon. Nous allons donc poursuivre notre mission civilisatrice. Et d'abord, j'vais vous donner les dernières instructions de l'amiral Guépratte, rectifiées par le quartier-maître Quentin ici présent. Voilà : l'intention de l'amiral serait que nous percions un canal souterrain qui relierait le Wang-Ho au Yang-Tsé-Kiang.

– Le Yang-Tsé-Kiang... Bon...

– Je ne vous apprendrai rien en vous rappelant que Wang-Ho veut dire Fleuve jaune et Yang-Tsé-Kiang, Fleuve bleu. Je ne sais si vous vous rendez compte de l'aspect grandiose du mélange : un fleuve vert, vert comme les forêts, comme l'espérance. Matelot Esnault, nous allons repeindre l'Asie, lui donner une couleur tendre. Nous allons installer le printemps dans ce pays de merde !

– Bon... Je vois qu'vous êtes raisonnables, j'vous laisse... J'ai des clients à servir, moi.

– Hé ! Dites donc, l'indigène ! Un peu d'tact, hein !... Parlons d'autre chose !... Parce qu'on les connaît, vos clients ! La Wehrmacht polissonne et l'Feldwebel escaladeur !... Hein !... Et puis merde, j'vous raconterai plus rien, là !

– Chut, Albert ! Vous fâchez pas !

– Mais vous fâchez pas, vous fâchez pas ! Mais, nom de Dieu d'bordel, j'vous offre des rivières tricolores, des montagnes de fleurs et des temples sacrés, et vous

m'transformez tout ça en maison d'passe !... Vous plantez votre Babylone normande dans ma mer de Chine !... Alors !... Matelot Esnault !
– Oui, chef !
– On va brûler l'village !... Où sont les grenades, que j'les dégoupille !...
– Monsieur Quentin !... Calmez-vous !... Je vous demande pardon !...
– Une reddition ?... Soit !... La main d'fer dans l'gant d'velours !... Matelot, à vos pagaies !
– Oui, chef !
– Attention aux roches !... Et surtout, attention aux mirages !... Le Yang-Tsé-Kiang n'est pas un fleuve, c'est une avenue... Une avenue d'cinq mille kilomètres qui dégringole du Tibet pour finir dans la mer Jaune, avec des jonques et puis des sampans d'chaque côté... Pis au milieu y a des... des tourbillons d'îles flottantes, avec des orchidées hautes comme des arbres... Le Yang-Tsé-Kiang, camarade, c'est des millions de mètres cubes d'or et d'fleurs qui descendent vers Nankin... Et avec, tout l'long, des villes-pontons où on peut tout acheter... De l'alcool de riz, d'la religion, et puis des garces, de l'opium... Je peux vous affirmer, tenancière, que le fusilier marin a été longtemps l'élément décoratif des maisons d'thé... Dans c'temps-là, on savait rire... »

La colonisation est à la fois un crime imprescriptible et une source inépuisable d'inspiration littéraire. Le citoyen que je suis est épouvanté, mais le romancier rêve de jonques et d'orchidées. C'est ce paradoxe qui explique en partie ma fascination pour la féerie bizarre du 21e Rima. Les colonies sont un cauchemar magique, plein de visions nocturnes, une grandeur perdue, une belle monstruosité : du pain bénit pour les écrivains français, pendant encore un siècle, au moins.

À l'armée, on joue à des jeux de guerre. Je suis otage dans une maison et deux trinômes me libèrent.

– Normalement vous devriez être mort…, me déclare le lieutenant-colonel parce que j'ai crié « Merci, Macron » un peu trop tôt.

Les djihadistes m'auraient décapité avant ma libération. Je me souviens d'un autre film, *Annie Hall*, où Woody Allen explique qu'il a été réformé P4 : « En cas de guerre, je suis otage. » Tel est mon poste : otage, même si je n'ai pas été réformé P4. Je ne sais pas pourquoi les exercices militaires me font tellement penser à des films. En l'absence de violence réelle, ma génération n'a connu la guerre qu'à la télé et au cinéma. Quand je suis entouré d'individus armés et casqués, j'ai l'impression d'être un enfant dans une cour de récréation. J'ai la chance d'avoir grandi sans être éclaboussé de sang sur les mains. Mon seul crime contre l'humanité est d'avoir travaillé dans la publicité pendant dix ans.

Après les jeux de guerre, les popotes. Au 21e Rima, il y a l'Oasis du rhino, le Club des lieutenants, le Bar du colonel… Je les ai tous écumés autant qu'à Cannes le Silencio, la terrasse du 3:14 et le Club by Albane. La fiesta fait partie de l'attirail des troupes de marine : cette unité d'élite âgée de quatre cents ans pile (créée par Richelieu en 1622) a toujours eu la réputation d'être composée de bons vivants. La carte de vœux du 21e montre les lieutenants déguisés en surfeurs, avec lunettes de soleil, bronzage, maillots de bain et planches de windsurf. Le marsouin a une image de baraque tatouée, de beau gosse décontracté, voire de gros beauf buveur et gouailleur. Au sixième shot de rhum ambré, les lieutenants qui m'entourent chantent un poème opiomane.

« Opium, poison de rêve
Fumée qui monte au ciel
C'est toi qui nous élèves
Au paradis artificiel. »

Moi qui ai arrêté la drogue, je me retrouve en pleine fumerie, à Saigon en 1906. Comme dit l'un des camarades : « La chanson "Opium", c'est timbale. » Je suis objectivement ivre mort. On m'offre le calot sacré avec son ancre dorée. Mon fils Léonard, quatre ans, l'adore depuis, et me l'emprunte souvent pour défiler au pas cadencé dans notre jardin basque, entre deux raids néo-féministes. J'apprécie aussi le refrain ivre de mélancolie brumeuse, rédigé par Pierre Mac Orlan : « Marie Dominique ».

« Marie, Marie Dominique
Que foutais-tu à Saigon ?
Ça ne pouvait rien faire de bon
Marie Dominique… »

Entendant cette mélodie évaporée, brumeuse, envoûtante, j'ai envie de répondre à Éric Vuillard, dont le talent est incontestable : « Cher juge présent du passé, qui êtes-vous pour distribuer les bons et les mauvais points ? Vous n'êtes pas meilleur que ces soldats d'antan, vous ne leur êtes que postérieur. » Les écrivains ne sont pas là pour juger, contentons-nous de retranscrire le mieux possible ce qui nous entoure.

Dans la nuit floue et les verres supplémentaires, j'ai pris des notes sur les autres armées, vues par les marsouins. Sur le moment, c'était désopilant, j'espère qu'à jeun, ces billevesées le resteront. Il a suffi que je leur lance les noms des autres militaires et c'était parti.

Veuillez pardonner ces propos que je qualifierai de « brèves de comptoir militaire ».

– L'armée de l'air et de l'espace ? Ce sont des spécialistes qui se croient dans *Top Gun*. Ils ont des Magnum à l'ordinaire et ils ne vont pas se projeter tant que le Starbucks n'est pas construit.

– La marine nationale ? Des gars enfermés dans une boîte de conserve. Et qui s'enfilent. Mais ils ont de bons cuistots.

– Les légionnaires ? C'est les Romains : ils peignent en blanc tout ce qui bouge pas, et le reste ils le saignent. Des Népalais qui parlent avec un accent moldave et répètent : « *koulva* » (« pute » en polonais), ou : « Boule de feu, même pas la peine ».

Quand je dis aux lieutenants que j'ai fait mes classes dans le train, ils se foutent de moi pendant un bon quart d'heure :

– Le train, c'est les Antillais, les trainglos. Leur devise est : *Jamais devant, toujours vivant.* C'est aussi celle des officiers, hahaha !

– Les régiments à trois chiffres de l'est de la France ? Ils ont des têtes bizarres, ils ont le niveau bac moins cinq. On les surnomme « La colline a des yeux ». Les régiments sont tous situés à côté de centrales nucléaires, c'est pas leur faute.

– Les parachutistes ? Des frimeurs, avec leur béret rouge. Mais ce ne sont que des crottes de Transall.

– Les chasseurs alpins ? Des humbles, très forts techniquement, mais ça reste des bouffeurs de graines à lunettes Oakley.

Et moi, je suis quoi alors ?

– Un pulap (pue la pisse) !

Les chants sont alors devenus très pornos. « Ah, la salope, va laver ton cul malpropre » est la seule parole qui puisse figurer dans cet ouvrage raffiné, avec « la grosse bite à Dudule, j'la prends, j'la suce, elle m'encule ». Je ne sais pas si c'est l'excès d'alcool mais ces chants de popote m'ont ému aux larmes. Ils disent l'atroce solitude de ces hommes envoyés si loin de chez eux, voici un siècle. Ces chants grivois étaient leur seule distraction quand n'existaient ni les écrans portables, ni la télévision, ni internet. Ils touchaient le fond de la misère sexuelle. Leurs *lyrics* pathétiques n'ont plus rien de comique aujourd'hui, il s'en dégage au contraire une tristesse insondable. La souffrance de l'homme sans femmes est une douleur qui n'est plus à la mode. C'est aussi le sujet du chapitre suivant.

En fait, ce que je ressens en rentrant me coucher (une fois encore, très tard), c'est que la grandeur déchue est plus grande que la grandeur. Le vernis craque. La « colo » est surnommée « l'alcoolo » par les autres armées car la nostalgie de l'empire colonial français amène à une mélancolie permanente, qu'il faut combattre avec la bouteille. Mais quand je pose la question qui tue : «Ça ne vous dérange pas de retourner dans d'anciennes colonies françaises avec des armes lourdes ?», leur réponse me cloue sur place. Je ne sais plus lequel m'a dit ça :

– On vient réparer les dégâts.

C'est pour reconnaître sa dette que le régiment a changé de nom. L'infanterie de marine servirait à se faire pardonner la coloniale. Le 21e serait-il un régiment de la repentance ?

– On rebâtit, on a une vocation de bâtisseurs. On aide les anciennes colonies à se démerder sans nous. Les autres régiments n'ont pas le même esprit. La coloniale, c'est le voyage, la débrouille, la proximité et la simplicité. Autonomie et liberté d'action. Rigueur sans rigidité. On est des éducateurs qui fabriquent des citoyens.

Je ne crois pas qu'ils se rendent compte que Jules Ferry pensait exactement la même chose. Mais je respecte leur sincérité. Après tout, la coloniale, ce n'était pas eux. Ils arrivent après, pour recoller les morceaux. Je m'endors sur ces pensées politiquement correctes. On vient dans un pays, on prend le pouvoir, et les richesses, et les filles. Et quand on est chassé de ce pays, on revient uniquement pour l'aider à se débarrasser de nous ?

Ce matin, Vladimir Poutine menace encore de déclencher la guerre atomique.

– En cas d'attaque nucléaire, dit le lieutenant Anouny, le missile tombera sur Paris et je pourrai plus voir « Touche pas à mon poste ! ».

Me voilà rassuré : il est vrai que Fréjus ne sera pas la première cible ; la tour Eiffel est plus en danger, et ma famille peut roupiller tranquille au Pays basque. Il est huit heures du matin et j'apprends que le colonel et sa bande m'ont « préparé une surprise ». Je dois enfiler le treillis de combat alors que je n'ai dormi que cinq heures. Nous montons dans une Jeep qui nous dépose sur un pont.

– Allez, il faut sauter maintenant.

Je suis à cinq mètres au-dessus d'une rivière glacée. « Tremper pour endurcir ! » Un bateau pneumatique doit me récupérer plus loin. Je saute en gueulant : « Vive la France ! » C'est vous dire si le stage est réussi. En trois jours, je suis prêt à obéir à n'importe quel ordre de mes chefs (une vidéo existe pour l'attester). J'effectue ensuite une sorte de parcours du combattant aquatique : nager dans un tuyau sous-marin, ressortir et grimper sur une échelle de corde, replonger et monter sur une bouée, etc. Ils appellent cela une « immersion »

– dont je peux confirmer l'humidité. Je l'ai fait sans hésiter parce que je ne voulais pas me faire traiter de « snac bar » : « super nul à chier, bon à rien ». Sortant de l'eau saumâtre, entièrement trempé et frigorifié, j'essaie de cacher aux officiers que je grelotte. Un petit déjeuner colonial est servi : un verre de vin rouge à neuf heures du matin, une sardine, une pomme et un oignon cru. Le colonel s'est jeté dans l'eau lui aussi. Personne ne songe à se sécher avec une serviette de bain. J'en serais presque à regretter l'hôtel Martinez. Je me récite la devise de la 3e compagnie : *Bien faire et laisser braire.* Allez savoir : je vais peut-être finir par me comporter comme un « bonhomme ». Encore un effort pour être déconstruit.

J'engage la discussion avec un adjudant-chef qui s'apprête à prendre sa retraite après trente-huit ans de service, « et sept mois », ajoute-t-il. Son émotion semble immense. Tous ses camarades chantent « Ce n'est qu'un au revoir » devant ce vétéran du Rwanda. Encore une armoire à glace, qui sanglote quand je lui demande de raconter ses souvenirs.

– J'ai vu des femmes enceintes éventrées.

Une fois encore, la coloniale répare les dégâts des colonies. La motivation de ce régiment serait-elle la culpabilité humanitaire ? C'est une armée de rattrapage. Le XXIe siècle veut se faire pardonner le XIXe. Putain de pays, mais qu'avez-vous foutu avant ma naissance ?!

L'adjudant cite Jean Lartéguy : « Les hommes de guerre sont de l'espèce qui se rase pour mourir. » Je côtoie des hommes plus élégants qu'au festival de cinoche. J'ai quitté des personnages mous en smoking pour des dandys boueux à panache. L'adjudant me raconte « son » Afghanistan et « son » Mali.

– Là-bas, ils n'ont jamais vu un Blanc. On va neutraliser un groupe de gens qui tuent des femmes et des enfants. Et quand on rentre, les gens ne savent rien. On ne peut pas leur dire ce qu'on a fait. On passe plus de temps à sécuriser des écoles ou à distribuer de l'eau. Dans chaque pays où on est passés, on a laissé une partie de nous-mêmes.

Et que pense-t-il de l'Ukraine ? Est-ce une guerre de colonisation ?

– Un peuple qui a faim remporte souvent la victoire, les pauvres sont meilleurs : à mon avis, les Russes ont perdu. L'offensive est facile, la stabilisation plus difficile. Si on veut avoir la population avec soi, il faut frapper chirurgical. Ce n'est pas un métier, les troupes de marine, mais un état d'esprit, un style de vie. Je ne me serais jamais vu dans une entreprise. Les troupes de marine sont fières. On joue en Ligue 1. Une chose que je n'oublierai jamais, à Gossi, au Mali, c'est la gratitude des femmes qui disent : « On vous regrettera. »

Une fois de plus, je pense à un film cannois en écoutant ce vétéran de tant de guerres : *Timbuktu*, d'Abderrahmane Sissako (2014), le film où les enfants faisaient semblant de jouer au football sans ballon car le sport était interdit par les intégristes. La nostalgie des adjudants partis en Afghanistan et au Mali (apparemment pour rien) fait écho à celle des anciens de la coloniale. La « mission civilisatrice » est impossible à accomplir mais ils continuent d'y croire. Le point commun entre tous les soldats que j'ai rencontrés est qu'ils détestent la guerre. Ils en veulent aux politiques, même s'ils leur obéissent loyalement. Il n'y a pas plus pacifiste qu'un militaire. Il y a même un lieutenant qui me dit qu'il n'aime pas les chants pornos. Les autres le traitent d'« embrayage » (eh oui, la pédale de gauche), mais avec tendresse. Depuis metoo, la pornographie est le lot de consolation des romantiques.

Lors de ma dernière après-midi à Fréjus, je participe à une manœuvre de déminage, suivant un escadron de bizuths qui escaladent des rochers. Ils simulent une opération « coup de main » : « on arrive, on s'infiltre en doublette, ça tombe, action brutale et rapide, exfiltration ».

Je suis épuisé rien qu'à les regarder ramper avec leur équipement lourd sur le dos, par trente-trois degrés Celsius. Le déjeuner est une ration de combat individuelle réchauffable. Il comprend :

– une boîte de thon au fromage sans goût ;

– une boîte de fromage bleu dégueulasse ;

– une potée paysanne correcte ;

– des pâtes carbonara plus proches d'un ragoût de porc mou et sans parfum, baignant dans de l'eau laiteuse (si vous faites goûter ces pâtes à Paolo Sorrentino, il risque de se suicider) ;

– une portion de biscuits de campagne sans saveur ;

– un minestrone déshydraté à bouillir dans son quart en rajoutant du poivre ;

– un Muesli à la fraise ;

– une barre de chocolat noir 65 % assez épatante ;

– un tube de confiture trop sucrée ;

– une boîte de crème Mont Blanc au chocolat, délicieuse quand on a faim.

Les soldats trouvent cette ration tellement abjecte qu'ils s'achètent leur nourriture avec leur solde microscopique. De même, ils s'achètent des chaussures plus confortables et légères, des Salomon à 200 euros, pour remplacer la Meindl super chaude et lourde fournie par la République française. Désolé pour ce couplet cégétiste mais les soldats n'ayant pas le droit de manifester, je le fais ici, pour eux.

C'est alors que mon père m'a téléphoné car je venais de lui envoyer par WhatsApp ma photographie en treillis avec casque, gilet pare-balles et HK416 entre les mains. Je lui ai expliqué que j'étais au 21e Rima, l'ancienne armée coloniale française. Silence. Il m'a dit :

– Cela aurait plu à ton arrière-grand-père.

Pardon ?

– Ton arrière-grand père, le colonel Morden Carthew-Yorston, le père de ma mère, était dans l'armée coloniale britannique. Il a participé à la guerre des Boers en Afrique du Sud, puis à la guerre des Zoulous et a fini avec lord Kitchener en Inde, comme commandant en chef de la cavalerie de Bombay. Tu avais oublié ?

Dans les années 1970, un tee-shirt disait : «*Join the army ! Travel to exotic distant lands, meet interesting people and kill them*» (Engagez-vous dans l'armée ! Visitez des pays lointains, rencontrez des peuplades intéressantes et tuez-les). Je n'ose imaginer combien d'hindous mon ancêtre a massacrés pour maintenir dans un pays étranger la domination de la Couronne britannique, mais je comprends à présent pourquoi je me sens bien dans ce régiment : c'est génétique. Mon

ADN contient des structures dépassées, que je ne parviens pas à éliminer. Je voudrais être décolonial et déconstruit, mais je suis catholique, militariste et en cure de désintoxication.

S'en foutre de sa patrie n'est pas plus normal que de la vénérer. Je me fichais de la France jusqu'au jour où je me suis aperçu que je n'aurais jamais d'autre nationalité. Le problème est que j'adore critiquer mon pays. Le seul moment où la France me manque, c'est quand je n'y suis pas. À l'étranger, je la regrette ; à domicile, je la déplore. Je ne suis fier de mon pays que si j'en suis éloigné, et je le maltraite quand je suis dedans. C'est peut-être à cela que l'on reconnaît un Français : c'est le seul citoyen qui se comporte avec sa nation comme un pervers narcissique avec sa femme.

Depuis ma naissance, j'ai vécu dans un monde en paix. Le 24 février 2022 est une date nouvelle pour ma génération. Il y avait eu des signes avant-coureurs. La guerre en ex-Yougoslavie. Les attentats du 11 septembre 2001 à New York. Ceux des 7 janvier et 13 novembre 2015 à Paris, et du 14 juillet 2016 à Nice. Mais ces attaques étaient ponctuelles. L'invasion de l'Ukraine est plus proche des guerres du XXe siècle. Des tanks entrent dans un pays et massacrent tout sur leur passage. Tu te croyais chez toi ? Que nenni, tu es chez moi à présent. Je peux brûler ta maison, violer tes filles, tuer ta femme et ton père. Ceci n'est pas un attentat terroriste mais une guerre de conquête. Tu croyais pouvoir vivre en paix dans ton pays mais je t'annonce que c'est terminé, parce que ton pays, c'est chez moi. L'Ukraine n'est plus une nation. Ton appartement n'est plus à toi, tes enfants ne sont plus les tiens, ils appartiennent à ma bite chargée au Viagra. Tu changes de nationalité. Désormais tu es russe. Tu fermes ta gueule sinon on bombarde ta maison, ton centre commercial, ta centrale nucléaire, et l'on torture ta famille sous tes yeux. L'envahisseur veut te ramener en URSS. On compte 320 morts par jour côté ukrainien depuis neuf mois. Sans doute 450 côté russe. Trois ou quatre Bataclan par jour, dans chaque camp. Ce sont quasiment les mêmes statistiques qu'à Verdun (mille morts par jour pendant trois cents jours). Les Russes et les Ukrainiens sont en train de suicider une génération d'hommes. Nous envoyons des canons et des chars pour les y aider. Nous espérons que nous n'aurons pas à y aller physiquement mais si l'armée occidentale était intervenue, la guerre serait déjà terminée d'une manière ou d'une autre (victoire ou hiver nucléaire). Nous regardons lâchement deux peuples frères se détruire dans le froid de l'Est et restons les bras croisés, en nous plaignant des pannes électriques.

Le soir même, mon séjour dans les troupes de marine s'est achevé par un autre dégagement festif entièrement mythique et inracontable, où les lieutenants se sont habillés en femmes, puisqu'il n'y en avait pas. Avec une perruque blonde, je ressemblais à Conchita Wurst. Je n'ai eu aucun succès. J'étais aussi triste de partir que si j'avais passé ma vie dans ce régiment, avec ces fous de guerre, tous si beaux et lucides sur leur rôle, sensibles à leurs responsabilités, et bien sûr, muettement, aussi révoltés que nous tous que l'humanité soit toujours contrainte de s'armer. Le soir tombait ; en France, depuis la nuit des temps, les crépuscules donnent soif. À Fréjus, j'aurai connu des êtres solidaires et généreux, dont la vie avait un sens. Si je devais condenser en un mot ce qu'est l'armée pour moi, je dirais ceci : c'est un chaos structuré. Or c'est aussi une définition possible du bonheur.

5.

Un désir effrayant

« Il fait beau il fait bon
La vie coule comme une chanson
Aussitôt qu'une fille
Est aimée d'un garçon. »

Claude François

Je voudrais achever ces confessions d'un hétérosexuel sur une note primesautière. Ni l'anesthésiant colombien, ni la religion catholique, ni la discipline des marsouins ne sont parvenus à me guérir de ma pire addiction : le sexe. Je suis d'accord avec toutes les féministes les plus radicales. L'hétérosexualité est une horreur. Le désir nous taraude constamment. Ne pensez jamais qu'un homme est autre chose qu'un sexe en quête de plaisir, une main en quête de sein, une peau avide de caresser, une bouche qui veut mordre un cou. L'homme est une menace d'amour. Je suis prêt à dire n'importe quoi pour parvenir à t'embrasser. Tous des salauds ? Non, mais nous sommes des bêtes, c'est vrai, et nous en souffrons autant que les femmes. Nous souffrons d'être programmés pour vous vouloir. Et maintenant nous souffrons d'être déprogrammés. Nous avons mal quand nous désirons et mal quand nous nous en empêchons. Et tant pis s'il est interdit d'écrire cela. Le seul moment où un hétérosexuel peut s'exprimer sincèrement devant une femme, c'est dans les minutes qui suivent son éjaculation. Le reste est du baratin pour voir vos seins.

Metoo est né il y a six ans. Harvey Weinstein, l'homme qui a fait traduire mon roman *Windows on the World* aux États-Unis par sa maison d'édition, Miramax Books, en 2005, est incarcéré dans la prison de Los Angeles pour vingt-trois ans, minimum. Aujourd'hui je voudrais dire aux féministes les plus radicales : c'est vous qui avez raison. Nous devons tout réinventer.

L'hétérosexualité est-elle un paternalisme déguisé en pornographie ? Une condescendance consistant à rabaisser des êtres supérieurs en les imaginant tout le temps à quatre pattes et tirant la langue ? Sous prétexte de vous dresser un autel d'adoration, une créature velue se prosterne devant la beauté absolue des déesses qui sont responsables de la surpopulation planétaire. Bien qu'envahissant et encombrant, le désir hétéro est aussi une pluie de pétales de rose sous vos pieds nus, une tentative pour embellir le monde avec votre aide. Le premier australopithèque qui a dit à une femme : «Je vais te protéger contre les attaques des ours mais en échange tu vas me sucer le membre» était-il un prédateur toxique ou juste l'inventeur du business *win-win* ?

J'essaie d'inverser les rôles. Si chaque femme que je croisais m'imaginait à poil, tenu en laisse, obligé de lui lécher le clitoris jusqu'au *squirt* dans ma barbe, sincèrement, ma première réaction serait de bénir Simone de Beauvoir.

Nous sommes tous des soupirants. Cela signifie que nous soupirons à chaque femme que nous croisons. Nous soupirons d'admiration, de vénération, de frustration, de désespoir. Nous soupirons de honte de soupirer. Pour tout homme hétérosexuel, une femme est bien plus qu'une femme : c'est une utopie. Toute femme est une possibilité de bonheur, un rêve de plaisir, et désormais une menace d'opprobre. Aucune femme ne se rend compte de 1 % de ce que nous ressentons. Elles croient que nous sommes disciplinés, domptés, courtois ? Si les femmes pouvaient lire dans nos pensées, elles seraient terrorisées. Oscar, le connard de Despentes, est un poète bucolique comparé à ma libido. Les femmes n'imaginent pas ce qu'est être un mec, la pornographie qui occupe notre cerveau est inconcevable, illimitée, c'est une orgie sadienne. Que dit Sade sur le sujet ? « Il n'est point d'homme qui ne veuille être despote quand il bande. » Seules les nymphomanes ont une vague notion de l'addiction de la masculinité. Dans mon cerveau, c'est tous les jours *Les Cent Vingt Journées de Sodome*. Chaque femme que je croise est scannée systématiquement aux rayons X, je veux dire transformée en film X de manière instantanée. Dès que je rencontre une femme, je l'imagine en train de faire l'amour. C'est la vérité de l'homme. Quand on ne vous touche pas, c'est uniquement parce que la loi l'interdit. Je pourrais adapter une blague des *Bronzés font du ski*. « Je ne sais pas ce qui me retient de t'embrasser par surprise. – La trouille, peut-être ? » Oui : la peur de la prison ferme retient les hommes d'agresser sexuellement toutes les femmes qui leur plaisent. Il faudrait construire quatre milliards de lits d'hôpitaux psychiatriques pour enfermer tous les obsédés du monde. Ou dissoudre du bromure anaphrodisiaque dans l'alimentation de tous les Terriens de sexe masculin. Cela nous ferait des vacances, d'être enfin chimiquement débarrassés du démon qui réside en chacun de nous.

Pourtant nous ne sommes pas des monstres. C'est un miracle quotidien que davantage de femmes ne soient pas victimes d'agression sexuelle. L'immense majorité des hommes se contiennent tout le temps. Voilà pourquoi nous soupirons. Pfffff… Il est effrayant de se retenir toute la journée de sauter sur les femmes. Nous expirons une merveilleuse quantité de mélancolie par minute. Le romantisme, c'est ça : une licence poétique pour transcender notre frustration sexuelle. Tout, absolument tout, excite notre désir physique dans la société actuelle : la mode, le luxe, les films, les séries, les magazines, les publicités, les *crop tops*, le *no bra*, les microjupes, les minishorts, les piercings aux tétons sous les débardeurs moulants... Nous devons nous masturber constamment pour ne pas basculer dans la folie criminelle. L'érection masculine est un enfer portatif. Les récits autobiographiques des homosexuels me passionnent pour cette raison. Ils sont les seuls écrivains qui osent décrire très précisément l'assouvissement sans limite du désir masculin : *Tricks*, de Renaud Camus, *Dans ma chambre*, de Guillaume Dustan, *Fou de Vincent*, d'Hervé Guibert, le *Journal sexuel d'un garçon d'aujourd'hui*, d'Arthur Dreyfus. Ce ne sont qu'une succession de fellations, de backrooms, de sodomies, d'éjacs faciales et de fist-fuckings sans préliminaires. Je me souviens quand Guillaume Dustan m'a fait visiter le sous-sol du Dépôt, rue aux Ours. En bas, il faisait très chaud car tous les mecs étaient nus. Quand on marchait, ça faisait floc-floc parce qu'on pataugeait dans des flaques de sperme. Telle est la vie des hommes qui réalisent tous leurs désirs. C'est une vie qui fait floc-floc dans un sous-sol qui sent la sueur. Ce n'est pas parce que je suis hétéro que je suis différent de ces hommes. Mesdames, si vous vous demandez ce que sont les pensées sexuelles d'un homme, lisez les homos, parce que les hétérosexuels *autocensurent leur désir*. Ils se contrôlent, ils se retiennent, au pire ils vont aux Chandelles (Paris) ou au Glamour (Cap d'Agde). Ils deviennent addicts à Xvideos. Ils s'achètent des poupées en silicone, des vagins en latex, des trayeuses vibrantes, des lunettes 3D pour vivre dans le métavers du cul. L'homme est une machine à baiser. Un criminel potentiel. Une cocotte-minute. Un *serial lover*. Une *time bomb*. Un *sex addict*. Et pourtant il tient bon. Il idolâtre tellement les femmes qu'il respecte leur corps. C'est fabuleux. Je suis fier de cet exploit quotidien qui consiste à croiser toute la journée des femmes qui me plaisent et à ne jamais le leur dire.

Croyez-en un hétérosexuel de base. Les néoféministes ont raison de dénoncer le regard masculin comme réduisant la femme à un corps, « objectivant » une personne humaine sophistiquée au rang de simples jambes, peau, seins, bouche. C'est la réalité que je ressens. La nature fait de l'homme un juré débile dans un défilé de Miss France. C'est injurieux et minable. Mais ce n'est que le début. Le jugement sur l'apparence physique est suivi par l'observation la plus scrupuleuse du cerveau féminin. L'examen continue. L'intelligence, la drôlerie, la culture et le charme sont scrutés et aggravent l'injustice physique. Cela n'a rien de rassurant car cela signifie que la connerie, l'ennui, l'analphabétisme et la frigidité sont aussi des handicaps discriminants pour les femmes, décidément toujours sur la sellette des hétérosexuels porcins. Je suis coupable de racisme anti-moches et anti-vulgaires, mais aussi équipé d'un radar anti-connes et anti-casse-couilles. Chaque étape d'une rencontre hétéro est une sorte d'entretien d'embauche où l'acceptation, ou le rejet, se fonde sur des critères dégueulasses, et dans laquelle l'éducation, le milieu social, l'humour importent autant que les gènes des parents. Nous ne sortirons jamais de cette palpation mentale nommée désir hétéro. Pourquoi fermons-nous les yeux quand nous embrassons une femme ? Parce que l'amour est aveugle. Nous fermons les yeux pour cesser d'examiner et commencer à aimer.

Je me demande parfois ce qui se serait passé si j'avais rencontré Annie Ernaux en 1984, quand elle a reçu le prix Renaudot. Qu'aurais-je vu ? Une blonde canon de quarante-quatre ans, débarquant de Normandie, en colère, timide et érudite, complexée socialement et ambitieuse littérairement. J'avais vingt ans et je serais tombé amoureux tout de suite alors que nous n'étions, à l'évidence, pas faits l'un pour l'autre. Est-ce mal ? Qu'y a-t-il de mauvais dans l'idée d'un désir construit sur de mauvaises bases ? Je suis tellement conditionné par mon hétérosexualité que je ne vois même pas où est le problème. Je vois l'amour hétéro comme la chance, consentie de part et d'autre, de contrebalancer la brusquerie masculine par l'intelligence féminine. Dans son discours de réception du prix Nobel, Annie Ernaux a déclaré qu'elle écrivait pour venger sa race et venger son sexe. « Venger mon sexe » est ce que proclame la marquise de Merteuil dans *Les Liaisons dangereuses*. Tant que cette vengeance reste littéraire, tout va bien. C'est quand la revanche d'Ernaux aboutit à l'agression de mon domicile privé qu'elle devient fasciste. Quant au terme de « race », pourquoi le déterrer en 2022 ? On espérait que le siècle précédent nous en avait débarrassés pour toujours.

Annie Ernaux a capitalisé toute sa vie sur la honte de sa jeunesse. Elle a hérité de ses parents épiciers un talent pour l'exploitation d'un fonds de commerce. Amélie Nothomb a été agressée sexuellement à l'âge de treize ans. Elle est devenue gravement anorexique... puis romancière. Elle n'a pas ressassé son traumatisme mais s'en est servie pour façonner une littérature étrange, gothique, féerique, entremêlant autobiographie et mythologie. Annie Ernaux a réussi à fabriquer une œuvre à la fois creuse et plate. Les physiciens s'interrogent encore sur la possibilité d'un tel artefact. Normalement, quand c'est creux, ça ne peut pas être plat, et quand c'est plat, ça ne peut pas être creux. Ernaux est une exception unique dans l'histoire de la trigonométrie. Sa façon de dénigrer Houellebecq quand elle a reçu son Nobel était aussi inélégante que celle du gardien de l'équipe de football d'Argentine, championne du monde, Emiliano Martinez, chambrant Kylian Mbappé après la victoire. Il ne leur suffit pas d'être consacrés, il leur faut encore enfoncer les perdants. C'est que la gloire ne rassure pas les imposteurs : ils doutent de leur valeur. Un fond de lucidité les taraude, ce sentiment d'usurpation qui gâche tous les triomphes, quand ils sont immérités. (On est énervé par ce qui nous ressemble. Annie Ernaux m'agace car je suis aussi exhibitionniste qu'elle.)

Désolé, les hétéros sont fous de vous. S'il n'y avait rien pour nous limiter, on se ferait sucer toute la journée par des femmes. En trois cent mille ans, on s'en est rendu compte. Pour canaliser la barbarie masculine, la société a inventé des subterfuges, des cadres à notre érotomanie. Pour nous empêcher d'accomplir chaque jour la liste finale des *Cent Vingt Journées de Sodome*, il a fallu créer des religions, bâtir des disciplines, inventer des calmants. Et emprisonner les coupables.

Un des meilleurs systèmes inventés pour encadrer la folie des hommes s'appelle le mariage. Le mariage permet de canaliser cette cavalcade sexuelle. Un homme maqué est structuré. Il cesse de désirer tous azimuts : il bâtit une famille. Il aime sa femme et élève ses enfants.

Il est sous contrôle, cerné de toutes parts, et désormais surveillé par la police digitale des réseaux sociaux. Il ne bouge plus une oreille. Il est heureux parce qu'il est sorti de son enfer mental. Le satyre sauvage est devenu un animal domestique. Le voilà sauvé par la structure qui lui manquait.

L'autre mot pour désigner un homme déconstruit est : un mari.

Toutes les religions sont également des tentatives pour contenir la brutalité du désir masculin. «Tu ne convoiteras pas la femme de ton ami», «Tu ne commettras point l'adultère», «Tu cesseras de pécho tout ce qui bouge», «On ne te verra plus aux soirées». Chaque religion a son vocabulaire pour censurer notre désir effrayant. Toutes les religions ont été créées pour empêcher que le désir masculin ne détruise irrémédiablement toute l'humanité.

Autre remède au désir infernal : le porno gratuit accessible à tous sur internet. Le cul était prohibé pendant des millénaires. S'il est devenu visible par tout le monde en instantané, c'est forcément le résultat d'une volonté politique. Les hommes sont trop fous des femmes pour vivre dans la société d'hyper-désir sans une soupape de sécurité, et la soupape, c'est la pornographie pour tous, dès le collège. Un jeune homme aux couilles pleines est plus dangereux qu'un ado fatigué parce qu'il les a vidées toute la nuit devant l'écran de son ordinateur.

La criminalisation des clients de prostituées fut à cet égard une erreur politique, car elle augmente le nombre de frustrés sexuels, tout en précarisant les travailleuses du sexe. Le but de la société devrait être de réduire les risques de la masculinité, pas de les décupler. Mais je ne veux pas revenir trop longuement sur ce sujet, par lâcheté. Ma maison en a marre d'être ravalée.

Je voudrais dire qu'on n'est pas des connards mais je peux vous garantir qu'on est tous des chacals. Le chacal ne lâche jamais sa proie avant de l'avoir mangée. Le chacal a tout le temps faim. Le chacal attend toute la nuit s'il le faut. Le chacal est en rut trois cent soixante-cinq jours par an. Le chacal passe toute son existence à chanter la chanson de Zanini : « Tu veux ou tu veux pas ? » Bref, le chacal a la dalle. Dans la même soirée, il peut se prendre dix râteaux avec dix femmes différentes, cela ne l'empêchera pas de séduire la onzième, Clémence, une petite créature à lunettes qui est assise sur un tabouret au Paradisio, seule devant un mojito aux glaçons fondus. Clémence regarde sur son portable des TikTok de chiots faisant du skateboard. Le chacal, appelons-le, au hasard, Philippe Ezri, va la faire tomber amoureuse de lui uniquement parce qu'il le peut. Quand Clémence se lève, elle est maladroite et titube comme un faon qui ne sait pas encore marcher : Bambi est torchée, c'est le moment de lui mentir. Clémence croira qu'elle vit un film d'amour jusqu'au lendemain matin. Jouira peut-être, mais seulement par les oreilles – les paroles du chacal sont si jolies à entendre qu'elle aura envie d'y croire. Le lendemain, elle attendra que Philippe lui écrive sur Insta. Plusieurs jours passeront et elle n'attendra plus. Clémence grandira beaucoup en comprenant que le désir masculin parle d'amour surtout pour le faire.

J'aime beaucoup le théorème des 3G d'Isabelle Adjani. Elle a déclaré que la galanterie entraînait la grivoiserie, qui précédait la goujaterie. Conséquence directe, je décide :

– de ne plus payer l'addition au restaurant quand je dîne avec une femme ;

– de ne plus me laisser doubler dans la queue par une femme ;

– de ne plus ouvrir une porte à une femme ;

– de ne plus complimenter une femme sur son physique ;

– de ne plus offrir de fleurs ni de bijoux à une femme ;

– de ne plus embrasser les joues d'une femme pour lui dire bonjour mais de lui serrer la main ;

– de ne plus céder ma place dans le métro ou l'autobus à une femme ;

– de ne plus défendre ma femme en cas d'agression mais plutôt de lui demander de me défendre.

Bienvenue dans un monde enfin équilibré.

Je suis prêt à parier qu'au bout d'une décennie sans galanterie, toutes les femmes, même Adjani, développeront une nostalgie de la goujaterie.

Je vis dans un pays où l'homophobie est un délit, et tant mieux, mais où l'hétérophobie est encouragée dans les médias. Se moquer des hétérosexuels, les appeler «hétéro-beaufs», «connards» ou «porcs» est parfaitement autorisé. C'est pourtant aussi ignoble que quand les hétéros disent que les homosexuels sont des tapettes, des fiottes ou des pédales. La seule différence est que les hétérosexuels ont été au pouvoir durant des millénaires. Les médias se disent qu'il faut contrebalancer. Il est vrai qu'aucun hétérosexuel n'a été condamné aux travaux forcés comme Oscar Wilde en 1895 pour mauvaise vie. Il n'empêche. Il serait plus élégant de la part des homos de ne pas se comporter avec les hétéros aussi abjectement que les hétéros se sont comportés avec les homos. Cette vengeance, bien que parfaitement légitime, est indigne de leur dandysme.

Je suis un homosexuel raté. Si seulement je pouvais coucher avec des êtres qui me comprennent, cela simplifierait tellement ma vie. Dans mon secteur professionnel, il est logique d'être gay. Je devrais être capable de coucher avec des mecs mais j'ai honte de ne pas y arriver. Je ne parviens pas, malgré tous mes efforts, à dépasser la binarité. Ma situation est ridicule. Être un homme qui désire une femme est d'une banalité affligeante. Je rêve de me situer au-dessus de cette dichotomie bassement biologique. Je désespère de continuer à craquer pour les seins onctueux, les hanches généreuses, les lèvres pleines, les chevelures ondoyantes et les orteils manucurés. Je suis une caricature d'hétéro. Tous les stratagèmes les plus vulgaires fonctionnent sur moi : le gloss verni, la bretelle de soutien-gorge qui dépasse sur l'épaule, le nombril aperçu sous un haut trop court, le pied cambré dans le stiletto. C'est pathétique. Je ne suis pas libre, parce que je suis hétérosexuel. Je suis esclave de mon désir démodé. Je suis vexé d'être préhistorique. Je voudrais m'adresser aux jeunes hommes qui, comme moi, ne sont même pas foutus de coucher avec des hommes. Vous êtes dans la merde mais vous n'êtes pas seuls. Vous êtes prévisibles mais je vous comprends. Vous faites pitié mais un jour une femme vous prendra peut-être la main pour vous sauver de votre solitude. Si cela m'est arrivé, c'est que c'est possible ; votre cas est grave, mais pas désespéré. Si j'avais une critique à exprimer contre Virginie Despentes, c'est sa phrase dans *Cher connard* : « Comme hétérote, je suis une brêle, alors que sur le marché lesbien, je suis l'équivalent de Sharon Stone. » N'est-ce pas bizarre, ces lesbiennes qui expliquent que les femmes devraient toutes devenir homosexuelles, comme si on choisissait sa sexualité sur un menu de restaurant ? Tous les homos que je connais l'ont su depuis leur naissance, aucun ne l'a décidé sur un coup de tête après avoir vu *Call Me by Your Name*. Mais dire ceci m'arrange bien. Moi, sur le marché gay, je suis Jean-Claude Dusse, alors que si on me compare aux autres romanciers français hétéros, je suis Bradley Cooper.

« Un homme », de Jérémy Frérot, est la chanson préférée de Léonard Beigbeder, mon fils, qui vient de fêter ses quatre ans. Elle commence ainsi : « Dis-moi, c'est quoi, un homme, pour toi ? » Mon garçonnet a senti que cette question était cruciale. Il s'est senti concerné. Il fredonne dans la voiture :

« Je ne sais pas, je ne sais plus.
Un peu dur, un peu fragile
Un peu libre, un peu docile
Un peu fort, un peu sensible
Un peu fou, un peu tranquille
(...)
Un peu d'ego, un peu d'sale

Un peu salaud, un peu calme
Un peu d'candeur, un peu d'vice
Un peu daron, un peu Christ
Un peu nature, un peu classe
Un peu ou pas dans les cases. »

Je ne me sens rien qu'un homme, un pauvre mec qui veut humblement aimer et être aimé par l'autre sexe, et que l'amour ne soit plus une guerre comme dans *Les Liaisons dangereuses*, aimer sans être dénoncé, aimer et bondir hors du rang des féminicides, aimer sans emprise, mais sans menace de délation. Est-ce que quelqu'un pourrait me dire comment faire pour aimer sans violence psychologique ? L'amour est la plus atroce des douleurs psychiquement imaginables. Donnez-moi, s'il vous plaît, le mode d'emploi d'une passion qui ne ferait souffrir personne, d'une nuit torride de baise où personne ne domine personne, expliquez-moi comment faire jouir une femme sans jamais la surprendre. Une passion sans emprise, cela existe ? Rencontrer quelqu'un qui nous plaît est pénible. Ne pas lui plaire est atroce. Séduire est merveilleux – le moment où l'être qui vous enchante se penche vers votre bouche et entrouvre ses lèvres, oh merci, mon Dieu, est le sommet de toute existence terrestre. Mais ensuite surviennent mille malentendus douloureux. On se dispute (c'est violent), on se quitte (c'est tragique), on se réconcilie (c'est sublime), on s'ennuie (c'est sinistre). On se trompe ou l'on est trompé, et notre cœur est fendu en deux. Tout dans l'amour est épouvantablement dangereux. Et savez-vous le pire ? Rien d'autre n'a le moindre intérêt sur terre. Le seul truc excitant à vivre pour un humain est cette torture abominable. Bonne chance pour vibrer dans un monde sans emprise. Je bénis toutes les femmes qui ont exercé leur cruauté intense sur moi et les remercie pour leurs violences psychologiques qui m'ont évité de vieillir sans avoir vécu.

L'homme veut se rapprocher de la femme sans l'effaroucher, lui donner du plaisir sans la maltraiter, la séduire sans la harceler, se déclarer sans l'agresser… mais cela devient aussi compliqué que de trouver un billet de train sur SNCF Connect à moins de 200 euros en période de vacances scolaires. Je crois qu'un homme qui désire les femmes n'est pas nécessairement leur ennemi. Tous les préjugés sont idiots, toujours. Je refuse d'être un enfoiré *a priori*. Je veux être traité d'enfoiré seulement quand je le mérite *a posteriori*. J'ai une chance, c'est que mon désir est incompatible avec le viol. En effet, depuis toujours et sans doute par instinct de survie, une jolie fille qui me dit non devient laide. La non-réciprocité de mon désir est si vexante qu'elle abolit mon envie. Je préfère bouder qu'insister. Un refus me rend impuissant. Inversement, une femme quelconque qui me dit oui se transforme instantanément en déesse aux mille voiles. Je prends alors mes jambes à mon cou. Je dois m'enfuir afin de préserver ma famille de la dislocation. Certaines beautés qui acquiescent sont plus dangereuses qu'une armée de tagueurs nocturnes.

Pauvre fils de pute… Il paraît que Dorothy Parker marmonnait ces mots à l'enterrement de Scott Fitzgerald : « *Poor son of a bitch, poor son of a bitch, poor son of a bitch…* » Nous les hétéros sommes de pauvres fils de pute. Je me sens un pauvre enfant de putain quand on me traite de masculiniste toxique alors que mon unique engagement masculiniste a été de militer pour l'allongement du congé de paternité, afin que les pères de famille puissent aider les mères à s'occuper du bébé durant plus de onze jours. Une victoire après une pétition, lancée par le magazine *Causette* en 2017, dont personne ne m'a jamais félicité. Depuis juillet 2021, le congé paternité dure vingt-cinq jours. J'attends toujours les graffitis de gratitude sur ma devanture.

Scott Fitzgerald est mort à quarante-quatre ans, l'âge de ma mort par overdose en 2009, le soir de mon Renaudot, quand j'étais hémiplégique aux toilettes de l'hôtel Lutetia. J'ignore pourquoi Dieu m'a renvoyé sur terre, cette nuit-là. Pourquoi aucun biographe n'évoque la cocaïne comme responsable de la mort de Fitzgerald ?

Un arrêt cardiaque à quarante-quatre ans ? Allô ? En plus, la poudre était légale à l'époque. Et Boris Vian, mort à trente-neuf ans ? Non plus ? Je demande une contre-enquête sur la coke dans la vie des écrivains des années 1930 à 1950.

À l'enterrement de Scott Fitzgerald, Dorothy Parker citait *Gatsby le Magnifique*. « *The poor son-of-a-bitch* », c'est ce que dit l'homme aux yeux de hibou à la fin du roman. Dans la Pléiade, la traduction est édulcorée – l'homme dit : « Pauvre bougre. » Alors, si vous voulez, nous les hétéros sommes de pauvres bougres, la queue entre les jambes, mendiant l'indulgence d'un jury composé de lesbiennes hétérophobes. Notre procès n'est pas gagné d'avance.

Vous trouvez que j'exagère ? Que j'en rajoute dans le registre de la complainte du mâle alpha ? Cette semaine, j'ai reçu un livre intitulé : *Débrouille-toi avec ton violeur*, où une Japonaise nommée Miaki Ono écrit que toute pénétration de l'homme dans la femme est barbare. Que toutes les fois où un homme introduit son sexe durci dans le vagin ou la bouche de la femme, c'est pour la dominer. Et que cet acte naturel, faire l'amour, éjaculer dans la femme, sera toujours un viol. Voilà le genre de textes qui sont publiés en 2022 sans choquer quiconque. Je suis le seul à trouver ce propos légèrement outrancier ? Je cite ce livre qui est, en ce moment, distribué en librairie : « Fourrer son pénis dans la bouche d'une femelle, même si celle-ci est consentante, est une affirmation de supériorité, de domination mâle, et de rappel à la femelle que, dans toutes les circonstances, elle ne sera jamais rien d'autre qu'une misérable réceptrice de sperme. » Ce texte a été salué par Tiphaine Samoyault dans *Le Monde des Livres*. Miaki Ono a beau être un pseudonyme d'Antoine Volodine, l'assimilation de toute hétérosexualité à un viol n'a scandalisé personne. Désormais, tout hétérosexuel n'est plus un violeur en puissance mais un violeur tout court. Chaque fois que j'ai couché avec une femme, j'ai violé. On avance dans la bonne direction puritaine, vers l'interdiction de la prostitution (sur ma maison était inscrit : « prostitution = viol ») et du cinéma pornographique (puisque tout rapport sexuel rémunéré est assimilé à un viol). La prochaine étape sera de pénaliser le rapport hétérosexuel en 2065. Dans *Au-delà de la pénétration*, Martin Page réclamait un moratoire de l'ONU contre la pénétration vaginale. Même si c'est une blague littéraire, elle révèle un état d'esprit, une atmosphère ambiante, un terrorisme anti-pénétration. Et je ne parle même pas des élucubrations délirantes de Paul B. Preciado sur « l'esthétique pétro-sexo-raciale dont le mode de production fonctionne par les énergies fossiles, et dont le mode de reproduction fonctionne par le binarisme sexuel ».

Preciado demande très sérieusement qu'on cesse d'indiquer le sexe des bébés dans les maternités ou à l'école.

Le rapport hétérosexuel, ce qu'autrefois on appelait «faire l'amour», est à présent assimilé à un geste de haine, brutal, violent, barbare, politiquement dominateur. Il est vrai que les images de sexe entre animaux sont souvent bestiales et d'une brièveté qui laisse pantois. Le Mouvement de libération des lionnes ou des tigresses a encore du travail. Mais il me semble que chez les humains, depuis la publication des *Tropique* d'Henry Miller sous le manteau, en France, il y a presque un siècle, la sexualité a été suffisamment explorée, améliorée, adoucie et enrichie, augmentée de lyrisme et d'amour, si l'on excepte certains tomes des aventures de SAS. L'introduction du pénis dans la femme n'est pas nécessairement un acte de brutalité. Ce geste peut même, parfois, s'il est délicatement effectué, et entouré de nombreuses précautions, et précédé de caresses raffinées, et accompagné de propos salaces chuchotés à l'oreille, procurer un bonheur certes éphémère, mais incommensurable, aux deux participants consentants. Parfois même simultanément, mais c'est plus rare.

Cette acrobatie est si fusionnelle qu'il peut parfois même en résulter un être.

Je prétends être un connard sensible, qui fait des efforts vestimentaires et se lave régulièrement avec du savon parfumé. Je suis un barbu muni de testicules mais qui se croit éloigné du gorille. Je revendique l'élégance de la condition masculine, qui n'est ni supérieure ni inférieure à la condition féminine. Simplement égale, et en tant que telle digne de respect et d'amour. Je hais les hommes qui méprisent les femmes ; d'ailleurs, ils n'ont aucun succès avec elles. Mais je hais tout autant les femmes qui méprisent les hommes. On peut éliminer le patriarcat sans stigmatiser les dragueurs, même s'ils sont pitoyables avec leurs chemises ouvertes, leurs 4 × 4 polluants et leurs lunettes de soleil en hiver. Je continuerai toute ma vie d'admirer les hommes qui font cet effort hallucinant d'aller parler à une inconnue. Le risque, l'inconfort, le courage et l'agilité intellectuelle que cela suppose, d'affronter la rebuffade, l'humiliation, la gêne et la honte. J'ai souvent répété cette idée simple : le féminisme ne l'aura emporté que le jour où les femmes dragueront les hommes. C'est le cas en Suède ou au Québec. Des groupes de filles sortent ensemble pour baiser des gars. Elles abordent les types et leur paient des verres. Elles matent les fesses et les braguettes des hommes comme des sources de désir, avec leur *female gaze*. Je n'ai pas encore vu une seule Française accomplir ce geste miraculeux de libération ultime. La véritable hétérosexualité enfin équilibrée naîtra le jour où une femme sifflera un homme dans la rue. Pour l'instant, quand je suis seul dans un bar parisien, je vois d'autres mecs seuls qui se saoulent en bande et des groupes de femmes qui demeurent entre femmes. La communication est rompue. La guerre est déclarée. Le dialogue n'existe plus. La rencontre ne peut pas avoir lieu. C'est catastrophique. Voilà pourquoi, durant des années, je prenais mon téléphone, appelais un marchand de drogue, et me cachais aux toilettes pour inspirer un produit nocif. J'anesthésiais ainsi ma libido, et mon chagrin d'être coupé du monde merveilleux des femmes inconnues. À partir du moment où j'ai cessé de croire en Dieu, j'ai comblé son silence par une agitation chimique. J'étais un soldat déserteur dans la guerre des sexes.

La révolution sexuelle a été annulée en 2017. Prenons-le comme une bonne nouvelle. Pour tout hétérosexuel, la femme est de nouveau une citadelle interdite. Le XXIe siècle sera romantique ou ne sera pas. Depuis 2017, la France est le pays où l'on parle le plus d'amour mais où on le fait le moins.

Je ne compte pas les années avant ou après Jésus-Christ, je compte avant ou après Harvey Weinstein. En ce moment, nous sommes en 6 apr. H.W., et je constate un changement dans les relations hommes-femmes : hier soir, j'ai enfin reçu une main au cul. Une petite brune m'a abordé de cette cavalière façon au prix de Flore. C'est nouveau pour elles, d'accomplir cet effort. Elles osent matérialiser leur désir. Messieurs, il ne faut surtout pas les décourager. Cela fait des millénaires qu'on attendait ça. Si une femme vient vous embrasser, il faut rentrer avec elle tout de suite. L'enjeu est historique. Laissez-vous faire. Si vous ne le faites pas pour vous, faites-le pour venger les femmes des siècles de domination patriarcale. Pour une fois que le féminisme accélère la baise.

Adoptez les nouveaux codes amoureux.

Avant metoo, on disait : « *I want to fuck you.* »

Après metoo, on dit : « Excusez-moi de vous déranger mais serait-il envisageable d'engager la conversation avec vous sans vous importuner ? »

Avant metoo : « Voulez-vous coucher avec moi ce soir ? *Be my Lady Marmalade.* »

Après metoo : « Adieu, madame, je vais regarder une vidéo de soumise attachée sur YouPorn. »

Avant metoo : « Vous embrasser est mon rêve. »

Après metoo : « J'ai peur que vous me dénonciez sur Twitter. »

Avant metoo : « Il y a tant de soleil dans tes yeux que quand tu me regardes, je bronze. »

Après metoo : « J'ai adoré *Portrait de la jeune fille en feu*. C'est mon film préféré. »

Avant metoo : « Je t'aime, je t'adore, je te vénère et je t'admire. »

Après metoo : « T'es grave bonne, frère. »

Avant metoo : « Je suis tétanisé. Paralysé par votre beauté. Je ne sais que vous dire. »

Après metoo : « Non, non, pas du tout, je ne vous ai pas regardée. Je regardais l'applique murale qui est derrière vous. »

Avant metoo : « Pas ce soir, chérie, j'ai la migraine. »

Après metoo : « Je lègue mon corps à ta science. »

J'ai trouvé une solution pour régler la question du désir effrayant : le test du oui/non. Grâce au test du oui/non, plus jamais je ne m'ennuie. Je vais vous l'expliquer et vous saurez enfin ce qui se passe dans la tête d'un hétérosexuel. Le jeu du oui/non consiste à regarder toutes les femmes que l'on croise dans la rue en se demandant si, oui ou non, on pourrait coucher avec elles. Dans la tête, on se dit : « elle oui », « elle non », toute la journée. Sans cesse. Pas la moindre trêve au jeu du oui/non. Ce jeu permet de tuer le temps où que vous soyez :

dans le métro, l'autobus, dans un aéroport ou une gare, ou dans la file d'attente du Relais de l'Entrecôte, ou dans celle de la voiture-bar du TGV Biarritz-Paris, en cas de solitude à la terrasse d'un café, solitude dans un bar, solitude en boîte de nuit, solitude partout. On peut aussi y jouer à plusieurs. Toutes les femmes sont classées dans les deux catégories : « c'est oui ou bien c'est non », comme le chante Angèle. Certes, on dénombre plus de non que de oui. Mais c'est un jeu troublant. L'âge, par exemple, n'est pas le seul critère. Ni le tour de poitrine. C'est le charme, l'allure, le sourire (surtout s'il creuse une fossette dans la joue), la voix, une chevelure, un collier, une réplique, une cheville entourée d'un bracelet, une citation (par exemple, une femme qui lit Colette), une épaule dorée, une nuque gracile ou un parfum fleuri qui peuvent suffire, bien plus que l'attirail prostitutionnel des instagrameuses trop retouchées et artificiellement lippues. En cas de désaccord entre deux joueurs du oui/non, la discussion peut être belle : pourquoi « oui » celle-ci et « non » celle-là ? C'est subjectif. Injuste. Malsain. Égoïste. Obsessionnel. C'est la culture du viol mais virtuel. Tant que le désir reste dans le méta, tout est permis. De plus en plus, le sexe hétéro sera comme nos cartes de crédit : sans contact. Le cerveau d'un hétérosexuel contient une partouze imaginaire. Une tentative d'épuisement du sexe. Cette tempête sous un crâne est choquante mais parfaitement légale. L'enfer du désir est pavé de mesquines intentions. Le *male gaze* est une addiction incurable. Les femmes sont toutes swipées dans le Tinder mental de l'hétérosexuel. Sachez que vous passez toutes un casting permanent.

Le test du oui/non est la principale activité des hommes, qu'ils soient célibataires ou en couple, homos ou hétéros. J'envie les bisexuels car ils ont un terrain de jeu plus vaste : 100 % des êtres qu'ils croisent seront estimés, disséqués, potentiellement voulus. Ne croyez surtout pas que les hétéros pensent à autre chose qu'au sexe ; on fait juste semblant. L'indifférence est mon mensonge quotidien. Si je réalisais mon désir, je serais tout le temps tout nu dans la rue en train de me frotter sur des inconnues comme un caniche. Le plus amusant exercice consiste, avec les très jolies qui savent à quel point je les admire, à les observer jouer avec mon admiration comme un chat avec une souris : elles me tuent lentement, maintiennent mon désir en vie pour mieux me garder à leur botte, me rejettent sans trop de cruauté pour que je continue à mendier. Les grandes beautés savent qu'elles peuvent m'humilier à volonté et ne se privent pas de ce plaisir, et je me délecte de leur cruauté. Nous savons bien que ce jeu ne mène nulle part mais leur sadisme s'accorde avec mon amour de l'attente romantique et du désir platonique. Ce qui est le plus agréable dans le jeu du oui/non, c'est quand les avions de chasse à qui je pourrais dire oui me disent non d'avance : elles règlent le problème avant même qu'il ne se pose. C'est là toute la grandeur de la France, pays où le jeu du oui/non est un sport national. Ajoutons que, d'après nos investigations nocturnes sur un échantillon représentatif de la population féminine du VIe arrondissement entre minuit et trois heures du matin durant l'hiver 2022, les hétérosexuelles ne font que comparer les « beaux gosses bien montés » et les « petits culs de mecs baisables ». Sur le plan du *yes/no game*, on peut donc se réjouir de l'obtention effective d'une réelle égalité des comportements voyeuristes.

Une chose qui m'a toujours fasciné est la tristesse avec laquelle les hétérosexuels accueillent l'arrivée d'une beauté dans leur champ de vision. Ils ne disent jamais : « Youpi, waouh, c'est la fête. » Ils soupirent : « Oh, fuck. Oh, mon Dieu. Oh là là là là là. Ouille. » Car ils savent que le désir n'est que douleur et que la soudaine irruption d'une déesse n'est qu'un calvaire de plus à affronter.

Dans ma jeunesse, en arrivant dans une fête, la première question que je posais à la maîtresse de maison était toujours celle du héros de *Reuben, Reuben* (1983), joué par Tom Conti :

– Où sont les nymphomanes ?

Tel est le roman qui s'écrit dans mon âme et mon plus effrayant désir : la fiction d'une rencontre possible. Je ne cesse d'étudier virtuellement la possibilité du sexe. Je suis un romancier dont la femme est la fiction. Je cherche l'adrénaline comme un pilote de F1. Je me sens à la fois des racines et des ailes, comme dirait Patrick de Carolis, qui avait tout compris de l'âme masculine. On a besoin d'un ancrage pour pouvoir s'envoler et revenir à domicile, tel l'Ulysse d'Homère. Un homme marié est toujours un aventurier nostalgique de son foyer. Il lui faut les deux : le lointain et la chaleur, la déraison et la raison. Il frôle le malheur pour mieux mesurer son bonheur. En période de crise, l'homme ne se demande plus ce qu'il pourrait gagner, il s'intéresse surtout à ce qu'il risque de perdre.

Il est tout de même hallucinant que tant d'hommes continuent de s'occuper de leurs enfants alors que la loi les autorise à s'en aller. Ils jouissent sans préservatif puis restent pendant vingt, trente ou quarante ans de soucis quotidiens, alors qu'aucune loi ne les force à s'occuper de leur progéniture autrement que financièrement. Ces pères aimants, présents, auraient pu continuer de spermer indéfiniment dans des vagins variés mais, non, ils choisissent de porter des poussettes pliantes. Chaque fois que j'en vois un se faire rouspéter dessus par une mégère acariâtre dans un aéroport, j'ai envie d'aller voir sa femme et de lui dire : « Chérie, serre ton bonheur, tu te rends compte qu'il pouvait partir et ne l'a pas fait ? »

Je pourrais pondre pas mal de circonlocutions pour exprimer un constat assez simple : j'ai perdu la santé et ma jeunesse. Je subis mon âge, je subis mon sexe, comme dit Olivier de Kersauson – sans doute le contraire absolu d'Annie Ernaux. Je n'ai rien choisi, pourquoi m'en vouloir d'être moi ? Inutile de m'encourager à me haïr, je fais cela très bien tout seul. Je suis l'enfant athée d'une famille catholique. Je suis l'héritier planqué d'une lignée de militaires. Je me suis drogué pour me mettre en danger, parce que l'homme, sans Dieu ni guerre, se sent perdu. Gavé de testostérone inemployée, j'appartiens à la première génération de Français qui n'ont connu aucune guerre et ont grandi sans religion. La génération suivante tente de rebâtir une structure nouvelle, à laquelle j'ai du mal à m'adapter. Elle est là, ma fêlure. Je suis pris entre deux mondes : le monde d'avant ne me convenait pas, celui d'après ne me comprend pas. Où est le monde pendant ?

J'entame une nouvelle phase de ma vie, qui s'appelle ma fin. Le retraité de la drogue se met à manger sainement, il sort moins, il attend que ses enfants fassent d'autres enfants, il se met tardivement au sport et accomplit toutes sortes de gestes ridicules, comme de lire les programmes télé afin de noter les émissions à voir (le boomer n'a toujours pas compris l'existence du replay, ni de la VOD). L'activité principale de l'homme en fin de vie, celle qui lui prend le plus de temps, et qui le rendra le plus heureux jusqu'à sa mort, est le souvenir. Observez attentivement un hétérosexuel contemporain. Il rit tout seul ? Il regarde le ciel, une Corona à la main ? Il passe la main dans ses cheveux en allumant une clope pour ressembler à Clint Eastwood ? Il pleure pour rien dans le TGV en écoutant « Duchess » de Scott Walker ? C'est pourtant facile à comprendre.

Il se souvient de toutes les femmes qu'il a aimées.

Flirter avec le désastre est excitant mais le désastre l'emporte toujours. La distance entre la fête et la tragédie finit par se réduire. À la fin, les deux se confondent. Je pense souvent à Hubert Boukobza, le roi de la nuit parisienne, tourné clochard édenté à la fin de sa vie. Il m'est arrivé de boire des verres d'eau minérale avec lui à la terrasse du Flore, peu avant sa mort. Il n'est pas grave d'être déchu, du moment qu'on peut mâchouiller son heure de gloire, comme un chewing-gum sans goût, dans un café mondialement célèbre. J'ignore pourquoi j'ai joué si longtemps le rôle qui m'était assigné par le Tout-Paris depuis les années 1980 (le noceur cynique, la tête à claques défoncée et le fils à papa arrogant qui organise des batailles de homards au Privilège). Ce personnage me colle tellement à la peau que des militants croient nécessaire de violer ma propriété privée pour me rendre vertueux.

Dans ma jeunesse, il était bien vu de se vanter du nombre de ses conquêtes. Plus on avait couché avec des femmes différentes et mieux l'on se portait. On appelait ça un palmarès. Un tableau de chasse. Le tombeur de ces dames. James Bond 007 et ses James Bond girls. La virilité était incompatible avec la monogamie. Si certaines lectrices estiment que je suis un malotru, oui, c'est vrai, je le reconnais volontiers. Je symbolise le patriarcat et la colonisation jusque dans mes gènes. J'ai profité de mes privilèges de mâle blanc du Neuf-Deux durant mes cinquante premières années, de manière éhontée. Une confession ne doit pas avoir de sujet tabou : je m'interroge sur mon éventuelle emprise. Honnêtement, aurais-je séduit si je n'avais dû compter que sur mon physique ? Je suis indissociable de mon écriture comme de la notoriété qu'elle m'a donnée. Je rends grâce à l'aura d'écrivain médiatique qui m'a permis d'attirer des beautés qui, auparavant, ne me voyaient pas. Qui est le plus à plaindre dans ce type de relation : l'homme qui profite de son masque social ou la femme qui veut emménager dans un selfie ? Je ne saurai jamais si j'ai plu aux femmes pour de bonnes ou de mauvaises raisons et, si vous voulez que je vous dise, cela m'est bien égal. Une femme qui s'intéresse à moi pour ma notoriété, mes adaptations au cinéma ou parce qu'elle m'a «vu à la télé», tout cela me convient. Les jaloux disent : « Elle ne t'aime pas pour toi-même» , mais cela ne veut rien dire ! Je ne sais pas qui est «moi-même» ! «Moi-même» est le résultat d'une vie de travail, et si quelqu'un est attiré par quelque chose que j'ai fait, alors c'est bien moi qu'elle aime, et personne d'autre. Je ne vois pas pourquoi je devrais m'en excuser, ni en souffrir.

Je continue de jouer au test du oui/non en marchant sur le boulevard du Montparnasse pour aller déposer ce texte chez Albin Michel. Ah, les passantes devant le Sélect... Ce sont les mêmes jeunes filles rangées que dans toute l'œuvre de Beauvoir ; elles n'ont pas changé, à la fois féministes, bisexuelles et en quête d'un écrivain viril à la Nelson Algren. Je suis casque bleu malgré moi au centre d'une lutte intestine au mouvement féministe, entre les anti-hétéros et les pro-sexe. Je suis le gars qui tente de séparer deux féministes en pleine baston et c'est moi qui prends des gnons dans la figure. Nous vivons sous le joug d'un puritanisme qui ne dit pas son nom. À l'intention des spécialistes : dans la guerre entre féministes, je me situe plutôt dans le camp d'Élisabeth Badinter et de Sylviane Agacinski que dans celui de Sandrine Rousseau et d'Alice Coffin.

Poor son of a bitch... Je suis un chacal mais pour ma défense je plaide ceci : je choisis ma femme des milliers de fois par jour. Je regarde les autres mais je répète, dans ma tête, à longueur de journée, le oui prononcé lors de notre mariage. Je ne suis pas pour rétablir le service militaire mais pour encourager les stages en immersion pendant une semaine chez les troupes de marine. Même chose pour les catholiques qui ne vont plus à la messe : je leur suggère de faire une retraite chaque année quelques jours loin du foutoir. Pour gagner de la hauteur et trouver un sens à leur incurie. Et si je puis me permettre une dernière recommandation... mariez-vous, les gars ! Mariez-vous parce que ça ne sert à rien. Mariez-vous pour sortir de l'enfer du choix. Mariez-vous pour faire une fête inactuelle. Mariez-vous pour être à quelqu'un plutôt qu'à Tinder. Mariez-vous pour vous occuper d'autres nombrils que le vôtre et faire des enfants qui coloniseront Mars. Mariez-vous vite avant que plus une femme ne veuille de vous.

Et si l'amour s'évapore, remariez-vous encore. Accomplissez ce beau geste avant qu'il ne soit trop tard parce que c'est mieux que de compter vos likes sur un miroir digital appartenant à un Californien qui s'enrichit en vendant votre vie privée à L'Oréal. Le monde est un cloaque illisible mais si toi, mon chacal, tu prends une femme seule dans tes bras, en faisant très attention, très doucement, «*handle with care*», essaie, au ralenti, tu verras, mec, la chance que c'est quand tu sens que tu as peut-être trouvé ta moitié, vérifie bien qu'elle est d'accord, hein, il s'agit juste de la regarder prudemment au fond des yeux, tu peux aussi mettre ton nez dans ses cheveux et rester contre elle un instant, et si elle te regarde aussi avec des yeux qui brillent, tu verras que ça existe, le bonheur risque de te tomber dessus n'importe où, n'importe quand, et aucune chimie au monde ne pourra rivaliser avec ce que tu viens de réanimer sur la terre, vos cœurs qui gonflent autant que ta bite et son clito, eh oui, tu croyais que c'était impossible, mon petit chacal, et puis te voilà sauvé par le couple hétérosexuel.

Comment définir le couple hétérosexuel? Cela demande une infinie délicatesse. C'est aussi compliqué qu'une montre Patek Philippe pleine de tourbillons absurdes et d'engrenages chromés. Il faut être capable de se concentrer sur la vision d'une seule femme qui en cumule mille. La mienne est innombrable : mère et enfant, salope et amie, douce et sévère, passionnée et hautaine, artiste et bourgeoise, chaude et indépendante, tendre et snob, épouse et sexy. Plus présente que Dieu, plus excitante que la cocaïne et plus protectrice qu'un régiment armé jusqu'aux dents, c'est elle, la structure de mon chaos. J'en suis à mon troisième mariage. Après deux divorces, je crois que j'ai compris le secret du mariage réussi : il faut se marier tous les jours. Il est interdit de se considérer comme épousé par quiconque car la cérémonie recommence chaque matin. Donc, après neuf ans de mariage, je me suis marié 365 × 9 fois : 3 285 épousailles avec la même femme. Telle est ma définition du romantisme : un remariage quotidien. Je n'en reviens pas qu'une femme puisse m'avoir choisi, et continuer de le faire, jour après jour. Bienvenue dans la zone la plus incompréhensible de l'amour hétérosexuel. Un pari plus irrationnel que celui de Pascal sur l'existence de Dieu est celui qui consiste, pour une femme adulte et saine d'esprit, à tout miser sur un seul homme, surtout si cet homme, c'est moi.

Depuis 2010, je regarde cette étrangère qui partage ma vie, et me répète oui, oui, oui, et encore oui. J'entends la voix grave de *father* Russell, le curé anglican de Harbour Island, qui me demande, le 12 avril 2014, si je veux prendre cette Helvète pour épouse et moi balbutiant : oui, oui, oui, oui.

– Que fiches-tu toute la journée, à mater toutes les gonzesses ?

– C'est pourtant simple. Je te choisis.

– Va te faire foutre.

Souhaitons que ce dialogue merveilleux entre les hommes et les femmes se poursuive de toute éternité.

Je suis si orgueilleux que je suis convaincu d'avoir largué Paris alors que c'est peut-être Paris qui m'a viré. Je croyais que notre déménagement définitif de la capitale en 2016 était la meilleure décision que j'aie prise de ma vie, mais ce n'est peut-être pas ma décision. J'ai mis quelques années à comprendre que j'étais passé, du jour au lendemain, de la catégorie du romancier mondain à celle de l'écrivain pestiféré. C'est un constat qui surprend, quand on ne s'y attend pas. On se croit aimé pour son insolence alors qu'on est haï pour sa complaisance. Tout ce dont je me moquais depuis mes débuts m'était soudain reproché. On me confondait avec mes personnages. On prenait mes caricatures pour des hommages et ma satire pour un éloge pompier. Si je suis tellement favorable à la séparation entre l'œuvre et l'artiste, c'est essentiellement pour sauver ma peau.

L'ancien président de la Russie, Dmitri Medvedev, décrit l'Occident comme « un monde mourant aux habitudes lubriques». C'est assez bien condensé, même si cette description s'applique aussi à son empire, tel que je l'ai visité une vingtaine de fois. Si souvent, les gens qui vous agressent parlent d'eux-mêmes.

La morale de ma confession est très chrétienne : le monde ne peut pas être régi uniquement par le désir. Or nous avons tout abandonné sauf lui. Si nous n'avons plus que le désir comme boussole, nous sommes irrémédiablement fichus. Malheureusement, je doute que nous puissions revenir en arrière. La société de surconsommation ne pourra pas être arrêtée ; d'ailleurs, nous n'essayons même pas. Personne ne sait même comment la freiner. Quand Octave Parango proclamait que la publicité l'emporterait sur toute forme de résistance humaine, honnêtement, je croyais exagérer. Je sais à présent que nous ne faisons pas le poids face aux besoins artificiels que nous nous sommes créés. Nous n'en sortirons pas, pour une simple raison : les gouvernements ne disposent pas des mêmes moyens de persuasion que les entreprises multinationales.

Il n'existe donc aucun moyen de résister à notre fuite en avant vers un précipice béant.

Il me reste à vous remercier de votre attention en vous souhaitant, à toutes et à tous, une agréable apocalypse.

DU MÊME AUTEUR

Romans

MÉMOIRES D'UN JEUNE HOMME DÉRANGÉ, La Table ronde, 1990.

VACANCES DANS LE COMA, Grasset,1994.

L'AMOUR DURE TROIS ANS, Grasset , 1997.

99 FRANCS, Grasset, 2000.

WINDOWS ON THE WORLD, Grasset, prix Interallié, 2003.

L'ÉGOÏSTE ROMANTIQUE, Grasset, 2005.

AU SECOURS PARDON, Grasset, 2007.

UN ROMAN FRANÇAIS, Grasset, prix Renaudot, 2009.

OONA ET SALINGER, Grasset, 2014.

UNE VIE SANS FIN, Grasset, prix Rive Gauche à Paris, 2018.

😂, Grasset, 2020.

UN BARRAGE CONTRE L'ATLANTIQUE, Grasset, 2022.

Nouvelles

NOUVELLES SOUS ECSTASY, Gallimard, 1999.

Essais

DERNIER INVENTAIRE AVANT LIQUIDATION, Grasset, 2001.

PREMIER BILAN APRÈS L'APOCALYPSE, Grasset, 2011.

LA FRIVOLITÉ EST UNE AFFAIRE SÉRIEUSE, Éditions de l'Observatoire, 2018.

BIBLIOTHÈQUE DE SURVIE, Éditions de l'Observatoire, 2021.

Entretiens

JE CROIS MOI NON PLUS. Dialogue entre un évêque et un mécréant, avec Jean-Michel Di Falco, Calmann-Lévy, 2004.

CONVERSATIONS D'UN ENFANT DU SIÈCLE, Grasset, 2015.

Composition IGS-CP
Impression CPI Bussière en mars 2023
Éditions Albin Michel
22, rue Huyghens, 75014 Paris
www.albin-michel.fr
ISBN : 097-8-226-47838-2
N° d'édition : 25183/01 – N° d'impression : 2070178
Dépôt légal : avril 2023
Imprimé en France